Camilo Castelo Branco

Amor de perdição
(Memórias duma família)

Adaptação de
Renata Pallottini

Ilustrações de
Ricardo Costa

editora scipione

Gerente editorial
Sâmia Rios

Editora
Maria Viana

Editor assistente
Adilson Miguel

Preparadora de texto
Ivonete Leal Dias

Revisoras
Amanda Valentin, Michele Tessaroto,
Sandra R. de Souza e Paula Teixeira

Editora de arte
Marisa Iniesta Martin

Diagramadora
Fabiane de Oliveira Carvalho

Programador visual de capa e miolo
Didier Dias de Moraes

• ● •

Ao comprar um livro, você remunera e reconhece o trabalho do autor e de muitos outros profissionais envolvidos na produção e comercialização das obras: editores, revisores, diagramadores, ilustradores, gráficos, divulgadores, distribuidores, livreiros, entre outros.
Ajude-nos a combater a cópia ilegal! Ela gera desemprego, prejudica a difusão da cultura e encarece os livros que você compra.

• ● •

editora scipione

Avenida das Nações Unidas, 7221
CEP 05425-902 – São Paulo – SP

ATENDIMENTO AO CLIENTE
Tel.: 4003-3061

www.scipione.com.br
e-mail: atendimento@scipione.com.br

2015
ISBN 978-85-262-6362-8 – AL
ISBN 978-85-262-6364-2 – PR

Cód. do livro CL: 735341
CAE: 208601
1.ª EDIÇÃO
8.ª impressão

Impressão e acabamento
Intergraf Ind. Gráfica Eireli.

Dados Internacionais de Catalogação na Publicação (CIP)
(Câmara Brasileira do Livro, SP, Brasil)

Pallottini, Renata

    Amor de perdição: (memórias duma família) / Camilo Castelo Branco; adaptação de Renata Pallottini; ilustrações de Ricardo Costa. – São Paulo: Scipione, 2006. (Série Reencontro Literatura)

    1. Ficção - Literatura infantojuvenil I. Castelo Branco, Camilo, 1825-1890. II. Costa, Ricardo. III. Título. IV. Série.

06-2335   CDD-028.5

Índices para catálogo sistemático:
1. Ficção: Literatura infantojuvenil 028.5
2. Ficção: Literatura juvenil 028.5

SUMÁRIO

Quem foi Camilo Castelo Branco? 5
Capítulo I 6
Capítulo II 11
Capítulo III 15
Capítulo IV 18
Capítulo V 21
Capítulo VI 25
Capítulo VII 29
Capítulo VIII 33
Capítulo IX 38
Capítulo X 41
Capítulo XI 48
Capítulo XII 52
Capítulo XIII 56
Capítulo XIV 59
Capítulo XV 63
Capítulo XVI 67
Capítulo XVII 70
Capítulo XVIII 72
Capítulo XIX 74
Quem é Renata Pallottini? 80

QUEM FOI CAMILO CASTELO BRANCO?

Camilo Castelo Branco nasceu em Lisboa, a 16 de março de 1825. Perdeu a mãe aos dois anos e o pai, aos dez, tendo sido criado por uma tia.

Casou-se com Joaquina Pereira em 1841, quando tinha 16 anos. Pouco depois, em 1844, Camilo começou a frequentar o curso de Anatomia, na Escola Médica do Porto. Mas os estudos não foram o bastante para afastá-lo da vida boêmia. Em 1845, foi reprovado por faltas.

Intensos movimentos sociais marcaram o ano de 1846, e as aulas foram suspensas. Camilo voltou à Vila Real de Trás-os-Montes, onde se envolveu numa aventura amorosa com Patrícia Emília. Como era casado, foi obrigado a fugir com a amante para o Porto. Mas acabou sendo preso sob a acusação de bigamia. Com a morte de Joaquina Pereira, no ano seguinte, a acusação deixou de existir.

A partir de 1848, Camilo passou a viver de jornalismo, e voltou a frequentar a boêmia.

Ainda teve alguns amores passageiros antes de encontrar Ana Plácido, considerada a mulher de sua vida. Mais uma vez, porém, a relação não poderia ser tranquila: Ana também era casada. Novamente foi perseguido e preso. E quando saiu da cadeia, tinha se tornado um homem angustiado.

Sua produção literária, nesse período, foi muito intensa. Escreveu novelas, crítica literária, poesia, teatro.

Além das graves crises familiares e financeiras, Camilo começou a ter problemas de visão que acabaram resultando em cegueira.

Em 1.º de junho de 1890, num ato de desespero, ele resolveu pôr fim à sua vida com um tiro na cabeça.

Capítulo I

Domingos José Correia Botelho de Mesquita e Meneses, fidalgo de linhagem das mais antigas de Vila Real de Trás-os--Montes, era, em 1779, juiz em Cascais e nesse mesmo ano se casara com uma dama do palácio, dona Rita Teresa Margarida Preciosa da Veiga Caldeirão Castelo Branco, filha de um capitão de cavalaria, de notável posição.

Dez anos de enamorado, malsucedido, consumira o bacharel provinciano. Para fazer-se amar pela dama da rainha faltavam-lhe dotes físicos, pois Domingos Botelho era extremamente feio; faltavam-lhe ainda bens de fortuna. Além disso, não era muito inteligente.

Devia, no entanto, ter alguma vocação, e tinha: era excelente flautista, e assim se sustentava em Coimbra, quando o pai lhe suspendeu as mesadas porque tinha de socorrer outro filho, preso por crime de morte.

Domingos se formara em Coimbra em 1767 e fora a Lisboa estudar no tribunal do Paço, iniciação comum aos que aspiravam à carreira da magistratura.

O bacharel flautista, por seu bom humor e espírito cômico, conseguiu a estima da rainha dona Maria I e do rei Pedro III. Com isso, manteve-se bem em Lisboa, pleiteando sempre o cargo de juiz em Cascais, próximo à capital, o que mais tarde conseguira.

Foi por intermédio da rainha que ele conseguiu aproximar-se de sua dama e, por fim, casar-se com ela. Dona Rita era uma formosura, e conservou-se bela até em idade avançada. Tinha uma família muito nobre; entre seus ancestrais, havia um que morrera na terra dos mouros, torturado numa caldeira, razão pela qual seus descendentes acrescentavam ao nome a palavra *Caldeirão*, já que era um motivo de glória.

A dama do paço não foi feliz com o marido, pois sentia falta das pompas do palácio. Mas isso não impediu que o casal tivesse filhos, dois meninos e três meninas. O mais velho chamava-se Manuel, e o segundo, Simão; das meninas, uma era Maria, a segunda, Ana e a última, Rita, como a mãe e quase tão bonita como ela.

Em 1784, ano do nascimento de Simão, conseguiu o juiz transferência para Vila Real, que era o que desejava. Quando chegaram, à distância de uma légua da vila, já estavam as liteiras da nobreza esperando pelo casal. Ao vê-los, dona Rita ajustou a sua luneta de ouro e disse:

– Ó Meneses, aquilo o que é?

– São os nossos amigos e parentes que vêm esperar-nos.

– Em que século estamos nós nesta montanha?

– No século XVIII, aqui como em Lisboa... – respondeu o marido, desapontado.

– Ah, sim? pensei que aqui o tempo parara no século XII...

Domingos Botelho não achou graça nessas palavras, que denotavam desprezo e excesso de orgulho. Fernão Botelho, pai do juiz, adiantou-se e deu a mão à nora, para conduzi-la a casa.

Dona Rita perguntou-lhe se não havia perigo em entrar naquela antiguidade. Fernão Botelho asseverou-lhe que a liteira não tinha ainda cem anos, e que os cavalos tinham menos de trinta...

O modo altivo com que a senhora recebeu as cortesias da velha nobreza da terra, que viera em tempos de Dom Dinis, fundador da vila, em 1288, fez com que todos se desgostassem dela.

Alguns dias depois de instalada na velha casa da família, a dama disse ao marido que tinha medo de ser devorada pelas ratazanas, que aquela casa era um covil de feras e que as paredes não resistiriam ao inverno.

Diante de tanta reclamação, Domingos Botelho começou a construir um palacete. Seus recursos, porém, eram escassos, e ele precisou contar com a ajuda de dona Maria I, que nunca lhe faltava. A rainha proporcionou tal luxo a essa construção que todos acharam que ela estava, de fato, demente.

Os primos da família Botelho encantaram-se com a beleza da esposa de Domingos e, para conquistá-la, esmeravam-se em enfeites e meneios de cavalos à sua porta. Domingos, que tinha espelhos e conhecia sua pouca beleza, estava morto de ciúme. Por isso, tratou de conseguir nova remoção, que lhe foi concedida depois de seis anos: foi nomeado provedor de Lamego.

Ainda não satisfeita com sua nova mudança, dona Rita ameaçava ir-se com os filhos para Lisboa caso Domingos Botelho não aceitasse sair daquela terra, onde as famílias mais nobres desdenhavam sua presunção e menosprezavam seu marido, por ter vivido dois anos em Coimbra tocando flauta.

Corria o ano de 1801 quando Domingos Botelho foi nomeado corregedor em Viseu. Naquele tempo, Manuel, o filho mais velho, tinha já 22 anos e frequentava o segundo ano de Direito em Coimbra. Simão, o segundo filho, estudava humanidades, também em Coimbra, enquanto as três meninas permaneciam, como era hábito, em companhia dos pais.

A essa altura, Manuel mandou uma carta ao pai, queixando-se de que não conseguia conviver com o irmão, por causa de seu gênio violento. Simão andava armado, convivia com os mais

famosos perturbadores da academia e corria de noite, insultando os moradores e fazendo algazarra. O pai admirou a bravura do filho, que comparava ao seu bisavô, o mais valente fidalgo de Trás-os-Montes.

Cada vez mais aterrorizado com o irmão, Manuel decidiu ir a Viseu fazer novas queixas contra ele e pedir ao pai um novo destino. A mãe indicou-o, então, para cadete de cavalaria em Bragança.

Ao chegar a Viseu, em férias, Simão, com seus 15 anos mas compleição de vinte, trazia exames aprovados e acabou sendo perdoado pelo pai. Embora tivesse as feições da mãe, seu gênio era contrário ao dela na escolha das amizades: ele gostava de conviver com a plebe. Quando a mãe se queixava de seus amigos, ele ria-se de suas manias e do seu antepassado, frito no caldeirão dos mouros. Suas irmãs temiam-no por seu temperamento, e a única com quem se dava bem era Rita, a mais nova, por quem tinha grande carinho.

Quase ao findar das férias de Simão, teve Domingos Botelho enorme desgosto. É que, indo um criado seu levar os cavalos a beber no chafariz, quebraram-se algumas vasilhas que ali estavam, levadas pelos criados que esperavam a vez. Os donos das vasilhas deram para espancar o pobre criado; Simão, passando por ali, viu tudo e, ao defender seu criado, quebrou algumas cabeças e, ainda mais, todos os cântaros.

Os feridos, revoltados, foram queixar-se à porta do magistrado; Domingos Botelho, irado, pedia ao oficial de justiça que prendesse o rapaz. No entanto, dona Rita, para evitar o escândalo, deu dinheiro a Simão e pediu-lhe que voltasse a Coimbra, esperando que as coisas amainassem. Domingos continuava encolerizado com o filho, até que sua mulher chamou-lhe a atenção sobre o ridículo de vingar-se com dureza de uma rapaziada.

Capítulo II

Simão Botelho saiu de Viseu para Coimbra levando arrogantes convicções de sua valentia. Lembrava os pormenores da derrota em que pusera trinta aguadeiros, deliciando-se com essas lembranças.

Por esse tempo, os clamores dos apóstolos da Revolução Francesa não tinham sido ouvidos por aqueles cantos do mundo, mas os livros dos enciclopedistas eram conhecidos e faziam sectários em Portugal. As doutrinas da regeneração social pela guilhotina eram bem recebidas por alguns jovens apaixonados e libertários da academia. E havia, ainda, em Portugal, muitos e bons portugueses que nutriam rancor contra Inglaterra, que havia imposto pérfidos tratados ao país, preferindo, portanto, unir-se à França.

No ano de 1800, aquele que mais tarde seria o Conde da Barca tinha ido a Madri e Paris negociar a neutralidade de Portugal. As suas propostas, porém, não foram aceitas, e o território português foi infestado por tropas espanholas e francesas. Por fim, o Visconde de Balsemão teve que negociar ignominiosa paz, cedendo Olivença à Espanha.

Esses acontecimentos dividiram os portugueses entre o ódio e o apreço a Napoleão; Simão Botelho defendia que Portugal se regenerasse num batismo de sangue.

Estava ele, justamente, num de seus discursos públicos, em que declarava que todos os reis deveriam ser liquidados, quando a guarda chegou para detê-lo. Foi preso Simão, e ficou seis meses no cárcere acadêmico, ao fim dos quais, perdido o ano de estudos, teve de regressar a Viseu.

O pai, irado, queria expulsá-lo de casa; a mãe, porém, conseguiu fazê-lo sentar à mesa comum.

No espaço de três meses, fez-se maravilhosa mudança nos costumes de Simão. Mudou de companhias, saía frequentemente com a irmã mais nova, Rita, e demorava-se a contemplar a natureza e as noites de estio. Simão Botelho amava. Aí está uma palavra única, explicando o que parecia absurda reforma aos 17 anos.

Ele estava apaixonado por uma vizinha, menina de 15 anos, rica herdeira, bonita e bem-nascida. Da janela de seu quarto ele a vira pela primeira vez, para amá-la sempre. Ela retribuía; amou-o também, e com mais seriedade que a usual nos seus anos.

O amor dos quinze anos é uma brincadeira; é a última manifestação do amor às bonecas; é a tentativa da avezinha que ensaia o voo fora do ninho, sempre com os olhos fitos na ave-mãe, que a cuida.

O problema desse grande amor, no entanto, era grave: os pais de Teresa odiavam a Domingos Botelho, por conta de umas sentenças contrárias aos seus interesses. Acrescia-se a célebre pancadaria na fonte, na qual dois criados de Tadeu de Albuquerque, pai da menina, haviam sido feridos.

O amor dos jovens, no entanto, era singularmente discreto. Viram-se e falaram-se por três meses, sem darem sinal algum à vizinhança nem aos pais de ambos. Tinham planos honestos: ele se formaria em Coimbra para casar-se; ela tencionava esperar a morte do pai para unir-se ao jovem.

Na véspera de sua ida para Coimbra, estava o moço despedindo-se da menina, quando subitamente ela foi arrancada da janela.

Desesperou-se Simão: queria matar-se ou se vingar de seus algozes. A manhã veio encontrá-lo febril e alucinado. A mãe queria fazê-lo desistir da viagem, mas ele achou melhor partir e esperar, longe, em Coimbra, notícias de Teresa. Contava, também, vir vê-la às escondidas.

Quando ia pôr o pé no estribo, uma velha mendiga estendendo-lhe a mão aberta, como quem pede uma esmola,

passou-lhe um bilhete de Teresa. Poucos passos adiante, o moço leu:

> *Meu pai diz que me vai encerrar num convento por tua causa. Sofrerei tudo por amor de ti. Não me esqueças tu, e achar-me-ás no convento, ou no céu, sempre tua do coração, e sempre leal. Parte para Coimbra. Lá irão dar as minhas cartas; e na primeira te direi em que nome hás de responder à tua pobre Teresa.*

A mudança do estudante maravilhou a academia. Se não o viam nas aulas, estaria em casa, estudando. Só tinha amigos sensatos, que o aconselhavam para o bem. A ninguém confiava o seu segredo, senão às cartas que enviava a Teresa. A apaixonada menina escrevia-lhe com frequência e dizia-lhe que a ameaça do convento não se concretizara e que fora mero terror: o pai não podia viver sem ela.

Por esse tempo, Manuel Botelho, cadete em Bragança destacado no porto, licenciou-se para ir a Coimbra, estudar matemáticas. Foi morar com o irmão, a quem achou mudado para melhor, mas melancólico e triste. Foi por essa época que um desgraçado amor afetou a vida de Manuel. Apaixonou-se ele por uma açoriana, casada com um acadêmico. A moça, também perdida de amor por Manuel, deixou o marido e fugiu com o rapaz para Lisboa e depois para a Espanha.

Capítulo III

O pai de Teresa não repararia na impureza do sangue do corregedor, se não lhe tivesse ódio; por sua vez, Domingos o desprezava. Dia a dia mais azedava a relação entre os dois; a reconciliação era impossível.

Rita, a filha mais nova de Botelho, estava um dia na janela do quarto de Simão quando viu a vizinha, rente ao vidro, com a testa apoiada nas mãos. Sabia Teresa que aquela era a mais querida irmã de Simão, e acenou-lhe, sorrindo. A menina sorriu-lhe também, no entanto, proibida pela mãe de se comunicar com pessoas daquela casa, fugiu logo.

No dia seguinte, à mesma hora, tornou Rita à janela e lá viu Teresa, com os olhos fitos na sua. Como a rua era estreita, podiam ouvir-se, falando baixo. Teresa, mais pelo movimento dos lábios, perguntou a Rita se era sua amiga. A menina respondeu com um gesto afirmativo e fugiu, acenando-lhe um adeus. Esses rápidos instantes sucederam-se em vários dias até que, perdido o medo, ousavam demorar-se em palestras a meia-voz. Teresa falava de Simão, contava à menina de onze anos o segredo do seu amor e dizia-lhe que ela ainda havia de ser sua irmã.

Numa dessas ocasiões, no entanto, Rita se descuidou e foi ouvida pela irmã, que foi logo acusá-la ao pai. O corregedor chamou Rita e forçou-a, pelo terror, a contar tudo que ouvira à vizinha. Levado ainda pela cólera, correu ao quarto de Simão e disse impropérios a Teresa, que ainda estava à janela.

Tadeu de Albuquerque tomou ciência do que se passava; sua reação foi mais branda do que se esperava, pois tinha o projeto de casar em breve Teresa com seu primo, Baltasar Coutinho, fidalgo de bom sangue de Castro Daire. Cuidava o velho que, com bons modos, convenceria a moça a desistir do seu juvenil amor por Simão. Acreditava que os amores femininos, e ainda mais em moça tão jovem, não resistiam ao tempo e à separação. Julgava mal as mulheres, que cria volúveis, todas.

Chamou, portanto, o seu sobrinho a Viseu, para que, em face de Teresa, procedesse como convém a um enamorado, e, assim, despertasse mútua paixão entre os dois.

Por parte de Baltasar Coutinho isso não demorou a fazer-se verdade; mas o mesmo não acontecia com Teresa, cujo coração se congelou de terror e repugnância. Instigado pelo tio, Baltasar resolveu declarar-se:

– É tempo de lhe abrir o meu coração, prima. Está disposta a ouvir-me?

– Estou sempre disposta a ouvi-lo, primo.

– Os nossos corações, penso eu, estão unidos. É tempo de que se unam as nossas casas.

Teresa empalideceu e baixou os olhos:

– O primo engana-se. Os nossos corações não estão unidos. Sou muito sua amiga, mas não posso ser sua esposa.

Baltasar sentiu-se amargar e perguntou, com um refalsado sorriso:

– Posso eu saber por quê?

– Porque amo a outro homem.

– E com tamanha paixão que desobedece a seu pai?

– Não desobedeço. Eu não disse que me casaria com outro homem, mas sim que o amo.

– Posso saber quem é o ditoso mortal?

– Em que isso valeria ao primo?

– Não quero vê-la, prima, casada com algum valentão, algum desordeiro, perito nas armas da plebe!

Claro está que Baltasar Coutinho conhecia o segredo da prima; seu tio já o prevenira. Teresa, no entanto, enfrentou-o:

– Nada mais tem a dizer-me, primo Baltasar?

– Tenho, prima. Há dois anos, conheci de sobra Simão Botelho. Trata-se de um vilão, bebedor de vinho, partidário da guerra contra os reis e contra a pátria, inimigo da nossa religião!

– Ignorava essas coisas, mas isso não me aflige. Desde que o conheço, Simão não tem dado nenhum desgosto à família nem a mim.

– Hei de defendê-la, menina. Mas, por agora, não a enfado mais.

Imediatamente, foi Baltasar Coutinho dar contas a Tadeu dos últimos acontecimentos. O pai de Teresa quis, em seguida, ir ao seu quarto, castigá-la, mas Baltasar interpôs-se, pedindo-lhe cuidado. Só depois conversou com a filha, confessando-lhe que desejava casá-la com Baltasar, mas que sabia que a vontade da menina não era essa. Acrescentou que não a castigaria, mas a ameçou, mais uma vez, com o convento.

Teresa respondeu, chorando, que não temia o convento, e que para lá iria, se essa fosse a vontade do pai. Disse-lhe mais: que se julgava morta para todos os homens, menos para seu pai.

Tadeu ouviu-a e não replicou.

Capítulo IV

O coração de Teresa estava mentindo. O diálogo com seu pai nos diz bem de seu caráter; ela era forte, enérgica, tinha um orgulho fortalecido pelo amor e, diante da situação em que se encontrava, perspicácia.

Escreveu ela a Simão Botelho contando-lhe a cena descrita; mas passou por alto as ameaças de seu primo. Sabia que se lhe falasse a respeito, o moço viria correndo de Coimbra para enfrentar-se com o atrevido. Teresa contava vencer o pai com paciência, sem ter de enfrentar o convento nem o casamento.

Um domingo de junho de 1803, porém, a moça foi chamada para ir à missa com o pai. Vestiu-se, assustada, e encontrou Tadeu na antecâmara. Estabeleceu-se um silêncio indagador. Por fim, anunciou-lhe o velho:

– Vais hoje dar a mão de esposa a teu primo Baltasar. Sei que esse é um ato de violência. Deves compreender, no entanto, que a violência de um pai é sempre amor.

Teresa, silenciosa e abstraída, não desfitava os olhos de Tadeu de Albuquerque.

– Não me respondes, Teresa? – tornou o corregedor.

– Senhor, não creio que meu primo me queira, depois da negativa que lhe fiz.

– Ele está apaixonado, filha!

– Eu o odeio, pai, eu o abomino! Oh, meu pai, mate-me, mas não me force a casar com meu primo!

Tadeu mudou de aspecto e disse, irado:

– Hás de casar! Quero que cases! Quando não, serás amaldiçoada para sempre! És uma alma vil, não me pertences, não és minha filha! Maldita sejas! Entra em teu quarto e espera pelas minhas ordens!

Teresa ergueu-se, sem lágrimas, e entrou em seu quarto.

Tadeu de Albuquerque foi encontrar-se com o sobrinho e lhe disse:
— Não te posso dar minha filha, porque já não tenho filha.

Baltasar, a quem faltavam brios, conseguiu convencer o tio a não tomar nenhuma medida drástica. Era contra o convento, pois imaginava o tipo de comentários que aquela medida provocaria. Prometeu a Tadeu que despertaria na prima o amor que lhe faltava e que a faria esquecer a paixão pelo moço de Coimbra.

Quando Simão recebeu a carta de Teresa, em que ela lhe contava tudo, sem omitir detalhe, o sangue ferveu-lhe nas veias. Chegou a mandar preparar o cavalo para ir a Viseu e acabar com tudo. No entanto, as horas que se passaram nos preparativos da viagem devolveram-lhe a serenidade. Resolveu ir, de fato, mas para ver Teresa e combinar seus planos para o futuro.

Necessitava, porém, um lugar de confiança onde pudesse abrigar-se, uma vez que a casa de seus pais era muito conhecida.

Ora, o arrieiro que lhe trouxera o cavalo disse-lhe que tinha um primo ferrador que morava nas cercanias de Viseu e poderia hospedá-lo em sua casa, o que Simão aceitou de bom grado.

Chegados a Viseu, e com Simão bem abrigado, foi o arrieiro, com uma carta para Teresa, à procura da velha mendiga que, desde sempre, lhes servia de correio. Encontrou-a, e ela se prestou a esse novo favor.

Teresa, ao receber o bilhete, não refletiu, e imediatamente respondeu ao moço, dizendo que naquela noite se festejavam seus anos e se reuniam em casa os parentes. Dizia a moça que, às onze horas, iria ao quintal para encontrar-se com o amado.

Não esperava tanto o acadêmico. Tinha pensado apenas em falar a Teresa na janela de seu quarto.

À hora da saída, tremia de emoção. Não sabia que os encantos da vida são, exatamente, esses momentos de misterioso alvoroço. Às onze horas estava ele encostado à porta do quintal e, a uma distância conveniente, o arrieiro com o seu cavalo.

Simão Botelho, com o ouvido colado à porta, ouvia apenas o som das flautas e as pancadas do coração sobressaltado.

Capítulo V

Baltasar Coutinho estava na sala, simulando vingativa indiferença por sua prima. A parentela da casa rodeava Teresa, aconselhando-a a reconciliar-se com seu primo e dar ao pai a alegria do casamento.

O velho esperava muito daquela noitada de festa. Os parentes lhe tinham dito que era proveitoso dar à menina os prazeres que combinassem com sua idade, para que se distraísse e a força do amor contrariado, pouco a pouco, se quebrantasse. Aconselhavam-lhe reuniões amiudadas, a fim de que Teresa fosse cortejada por muitos e pudesse comparar os pretendentes.

Teresa, no entanto, muito agitada, desde as dez horas esperava o momento aprazado. E tanto era seu nervosismo, que Baltasar Coutinho se deu conta dele. Dirigiu-se à menina e lhe pediu desculpas, julgando que ela percebera sua frieza. Teresa, sinceramente, respondeu-lhe que não a tinha notado.

Eram dez horas e três quartos quando Teresa correu para os fundos da casa; abriu a porta e, como não visse ninguém, retornou rapidamente para a sala. O primo, que a vigiava, fez o mesmo caminho por outra porta, retornando após ela. Passado algum tempo, Teresa saiu outra vez e o primo também. Ele tentava esconder-se, mas a menina, desconfiada, retrocedeu e encontrou-se com o pai.

– Que tens, minha filha? – disse-lhe o pai. – Já duas vezes saíste da sala e, quando voltas, estás tão alvoroçada! Tens algum incômodo, Teresa?

– Tenho uma dor; preciso de ir respirar de vez em quando... não é nada, meu pai. Dê-me licença. Vou procurar meu primo, que por aqui não está.

Assim dizendo, com muito gosto do pai, Teresa voltou a

sair. Desta vez, ao abrir a porta, viu Simão e lhe disse, com a voz cortada pela ansiedade:

– Estão nos vigiando! Vem amanhã às mesmas horas...

E fugiu. Mas Simão já tinha visto Baltasar, e os dois se enfrentaram. Disse-lhe Simão, segurando duas pistolas:

– Isto aqui não é caminho. Que quer?

Baltasar, entre medroso e ciumento, respondeu:

– Que lhe importa? Acha que, se tiver um segredo, sou obrigado a confessar?
– Este muro pertence a uma casa onde mora uma só família e uma só mulher – disse o estudante.
– Estão nesta casa mais de quarenta mulheres esta noite!
– Quem é o senhor? – perguntou com arrogância o filho do corregedor.
– Não conheço a pessoa que me interroga nem a quero conhecer. Boas-noites.

Baltasar retrocedeu e voltou a entrar na casa; sabia que de pouco lhe valeria a espada contra duas pistolas. Simão também partiu cavalgando em direção à casa do ferrador.

Teresa velou o resto da noite, contando a Simão, em carta, os acontecimentos daquela festa e pedindo-lhe que viesse na noite seguinte.

Simão bem pressentia que o vulto encontrado era o de Baltasar; não quis, porém, faltar ao encontro nem assustar a sua amada. Passou o dia contando as horas e pressentindo os funestos resultados que podia ter a sua temerária ida.

O ferrador, seu hospedeiro, tinha uma filha, chamada Mariana, moça de vinte e quatro anos, bonita e de rosto triste. Perguntou-lhe Simão a causa daquele olhar. Mariana respondeu-lhe, com um sorriso melancólico:

– Parece-me que alguma desgraça está para lhe suceder...
– Sabes algo a meu respeito?
– Meu pai ouviu dizer a meu tio, que é o arrieiro que veio com Vossa Senhoria, que tinha razões para supor alguma infelicidade... Mas, desculpe-me, aí vem meu pai...

A moça saiu apressadamente, enquanto João da Cruz, o ferrador, entrava no quarto; entrou e foi logo dizendo:

– O fidalgo me perdoe, mas tenho que lhe falar. Um dia, quando estava ferrando uma égua, chegou um recoveiro de Carção montado. Seu cavalo deu coice que atingiu a égua, deixando-a aleijada. Nervoso, dei com o martelo na cabeça do cavalo, dizendo-lhe que eu deveria arcar com o prejuízo que provocara.

O recoveiro, então, disparou seu bacamarte sobre mim. Peguei também minha clavina e desfechei-lhe no peito, matando-o. Encarceraram-me em Viseu, prometendo-me a forca. Já preso por três anos, pedi clemência a seu pai, explicando-lhe que não era culpado. Ele compreendeu os motivos de minha atitude e conseguiu minha libertação. Devo, portanto, um grande favor ao senhor seu pai, que me salvou da forca.

– Tem o senhor João motivo para ser grato, não há dúvida nenhuma.

– Antes de ser ferrador, fui criado de farda em casa do fidalgo de Castro Daire, família do senhor Baltasar Coutinho. Conhece-o, não é?

– Sim, conheço.

– Há coisa de seis meses, chamou-me ele e disse que me daria trinta peças de ouro se eu lhe fizesse o favor de tirar a vida de um homem...

– Forte serviço é esse... Quem era o homem que ele queria morto?

– Era Vossa Senhoria... Ó homem! – disse o ferrador com espanto. – O senhor nem mudou de cor!

– Eu não mudo nunca de cor, senhor João – disse o acadêmico. – Mas... vossemecê não aceitou a incumbência, pelo que vejo...

– Não senhor. E quase lhe prego a cabeça numa esquina. E aqui estou às suas ordens. Se de mim precisar, ordene.

– Obrigado, meu amigo. Aproveitarei os seus bons serviços quando me forem necessários. Esta noite hei de ir a Viseu. Conto com vossemecê.

Mestre João da Cruz não replicou e foi carregar as suas armas. Nesse intervalo, Mariana, sua filha, entrou no sobrado e disse com meiguice a Simão Botelho:

– Então, sempre é certo ir?

– Vou; por que não haveria?

– Pois Nossa Senhora vá na sua companhia – tornou ela, saindo logo para esconder as lágrimas.

Capítulo VI

Às dez e meia daquela noite, três vultos convergiram para o local, raro frequentado, em que se abria a porta do quintal de Tadeu de Albuquerque, pai de Teresa. Eram Baltasar Coutinho e seus asseclas. Combinavam a melhor maneira de pegar Simão de surpresa e liquidá-lo.

– Tenho certeza de que o homem não está na casa do pai – dizia Baltasar. – Quando chegar, cerquem-no; depois o levamos para longe, a fim de que o corpo não nos denuncie. Escondam-se atrás da igreja e não adormeçam.

Separaram-se; mal se haviam escondido e um vulto assomou do outro lado, a passo rápido. Rodeou a igreja, viu os dois homens escondidos, não os reconheceu nem parou. Mas eles o tinham reconhecido:

– É João da Cruz, o ferrador!

– Será que está do nosso lado? Foi criado da casa do senhor Baltasar...

– Mas também foi salvo da forca pelo corregedor... Ele é homem dos diabos...

– Deixá-lo ser... Tanto entram as balas nele como noutro...

Nesse momento, os criados de Baltasar Coutinho ouviram o remoto tropel da cavalgadura; adiantaram-se, mas João da Cruz foi mais rápido e já estava avisando Simão:

– Cuidado. Vossa Senhoria já podia estar com quatro balaços no peito. Há matadores à sua espera atrás da igreja.

O arrieiro, que acompanhava Simão, reconheceu o cunhado e disse:

– És tu, João?

– Sou eu. Vim primeiro que tu.

Simão tinha apeado. O ferrador tomou as rédeas do cavalo e foi prendê-lo à parede de uma estalagem; voltou e pediu a Simão que se dirigisse à porta do quintal de Teresa enquanto ele e o arrieiro iam ao encontro dos dois homens e depois o acompanhariam a alguns passos de distância.

Entrementes, os criados de Baltasar entravam na alameda onde estava a casa de Teresa e viram o rapaz sozinho.

– Agora está seguro – disse um.
– Mas além vêm dois homens...
Baltasar apareceu quando os dois já tentavam fugir.
– Vocês, por que fogem, covardes?
João da Cruz e o arrieiro apareceram; Baltasar se encaminhou para eles, bradando:
– Alto aí!
– Quem manda fazer alto?
– São três armas!
– Pois se dão mais um passo, arrebento-os! – respondeu o ferrador.

Enquanto isso ocorria, Simão já estava no pátio de Teresa, e conversavam. Mas, quando lhe apertava a mão, ouviu passos ligeiros. Despediu-se, afastando-se, para enfrentar o inimigo.

Ao sair, encontrou João da Cruz, que lhe disse:
– Vá por onde veio e não olhe para trás.
Simão procurou seu cavalo e montou. Mas não se decidia a partir. Esperava novas notícias sobre os dois adversários. E não iria sem falar antes com o ferreiro. Emparelharam:
– Deve Vossa Senhoria seguir pelo caminho real; nós vamos por fora, para evitar alguma surpresa.

O que na verdade ocorria era que João da Cruz estava certo de encontrar os inimigos no atalho pelo qual ia tomar.

E assim era. Quando estavam chegando ao ponto que João muito bem conhecia, Simão também vinha chegando. E era ali que os matadores esperavam alcançá-lo.

Ouviram-se dois tiros. O ferrador e o arrieiro precipitaram-se ainda a tempo de verem Simão, ferido num braço, sangrando. Atiraram ambos nos dois comparsas. João da Cruz ultimou o seu, mas o tiro do arrieiro feriu apenas o outro, que fugiu.

Estavam a examinar o ferimento do rapaz, quando ouviram ruído por trás de umas moitas.
– O homem ainda está por aí! Passe-me lá uma arma, senhor Simão! – gritou João.
Simão, rodeando o caminho, já estava por ali, saltando sobre as pedras, e avisando:
– Tenha lá mão, mestre! Não vá você acertar-me!
O criado de Baltasar torcera o joelho e estava ali, atirado, sem poder fugir. Sentindo-se alcançado, pedia perdão, dizendo que o patrão o obrigara àquela desgraça. Mas João da Cruz não estava pelos autos e já tinha o bacamarte encostado à cabeça do infeliz, quando o moço interveio:
– Deixe-o ficar, João da Cruz... Vamos embora...
– Isso! Chame-me João da Cruz! Assim o maroto fica logo sabendo quem eu sou!
– Vamos embora... deixemos para aí esse miserável...
– Quem o seu inimigo poupa, nas mãos lhe morre...
Tinham andado um pouco, quando João anunciou:
– Lá me ficou a minha clavina, encostada a um arbusto. Já venho.
Tornou por onde tinha vindo. Passado um pouco de tempo, ouviram barulho e uns gritos.
– Que será isso? – perguntou Simão.
– Deve ser mestre João da Cruz, fazendo justiça... – respondeu, calmo, o arrieiro. – Ele é homem que sabe o que faz.
João da Cruz apareceu em seguida, limpando uma foice ensanguentada.
– Você é cruel! – espantou-se o moço.
– Não sou cruel – disse o ferrdor –, o fidalgo está enganado comigo. Como diz o ditado, morrer por morrer, morra o meu pai, que é mais velho...
E seguiram.

Capítulo VII

O ferimento de Simão Botelho era melindroso demais para obedecer prontamente ao curativo do ferrador. A bala passara de raspão no músculo do braço esquerdo; mas algum vaso importante se rompera, e não bastavam as compressas para estancar o sangue. Horas depois de ferido, o acadêmico deitou-se, febril, ansioso por notícias de Teresa.

As pessoas que vinham da feira na cidade contavam que dois homens tinham aparecido mortos, e constava serem criados dum fidalgo de Castro Daire. Ninguém sabia, porém, quem eram os assassinos.

Na tarde desse mesmo dia, Simão recebeu carta de Teresa:

> *Deus permita que tenhas chegado bem à casa dessa boa gente; não sei o que passa por aqui e estou fechada no quarto. Fala-se de criados mortos, mas não sei quem sejam. Tua mana Rita me está acenando da janela... Estarás ferido? Eu já não peço a Deus senão a tua vida. Foges para Coimbra e espera que o tempo melhore a nossa situação. A nossa amiga vem procurar-me. Será a mensageira. Não traz nada de ti.*

Respondeu Simão buscando tranquilizá-la; quase não falava do seu ferimento e prometia partir para Coimbra assim que pudesse.

Entretanto, Baltasar Coutinho explicava às autoridades que eram efetivamente seus criados os homens mortos, mas que não tinha presunções de culpa contra ninguém em Viseu.

Tadeu de Albuquerque fora alertado por Baltasar sobre o motivo das saídas de Teresa na noite do baile e era conivente no atentado contra a vida de Simão. Tinham, ele e o sobrinho, esperança de que o acadêmico, ferido, fosse acabar seus dias longe da cidade.

Quanto a Teresa, resolveu encerrá-la num convento em Monchique, onde uma parenta próxima era prioresa. Todavia, para evitar imprevistos, decidiu que a filha ficaria num convento em Viseu enquanto não conseguisse as licenças para Monchique.

Acabara Teresa de ler a carta de seu amado, entregue pela mendiga, quando o pai entrou em seu quarto e a mandou vestir-se:

– Vista-se como quem é. Não se esqueça de que ainda tem meus apelidos.

– Não pensei que devesse vestir-me com cuidado para sair de noite...

– Não me conteste.

– Se o pai pensar casar-me com Baltasar...
– Ele não a quer mais. A senhora é indigna de Baltasar Coutinho. Um homem do meu sangue não se casa com mulher que fala de noite aos amantes, nos quintais. A senhora vai para um convento.

Assim falando, o velho deixou a moça, sozinha. Ela caiu em prantos. Mas, depois de algum tempo, se recompôs e saiu do quarto.

Abriu-se a porta do mosteiro. Teresa entrou sem uma lágrima. Beijou a mão de seu pai e, ao fechar-se a porta, exclamou, com grande espanto das monjas:
– Estou mais livre que nunca!
– Que diz a menina? – perguntou a velha prioresa.
– Disse que me sentia aqui muito bem, senhora prioresa.
– Mas quem vem para estas casas de Deus, não vem para sentir-se bem! – disse a monja.
– Não? – disse Teresa, com sincera admiração.
– Quem vem para aqui, menina, há de mortificar o espírito e deixar lá fora as paixões mundanas. A menina tem de noviciado um ano. Verá que lhe sobra tempo para habituar-se a esta vida. Aqui não há paixões nem cuidados que tirem o sono. Vivemos umas com as outras como Deus com os anjos.

Isso dizendo, a prioresa fez por afastar-se, ainda recomendando:
– Deixo-a com a senhora madre organista, que é uma pomba, e com a nossa mestra de noviças, verdadeira mãe de nossas jovens.

Assim que a prioresa virou as costas, disse a organista à mestra de noviças:
– Que impostora!
– E que estúpida! – acudiu a outra.

Teresa não pôde reprimir uma risada, lembrando-se da *vida de Deus com os anjos* que lhe prometera a superiora...

Pouco depois entrava a prioresa com a ceia; mas Teresa não tinha fome e a recusou. Em vão a superiora a instava a

comer, lembrando-lhe que saco vazio não se põe em pé. E continuava os seus sermões edificantes:
– Tenha cuidado com as companhias! Essas mesmo, que acabaram de sair daqui... A organista tem já seus quarenta anos, mas ainda vai ao locutório desmanchar-se em finezas, sabe Deus com quem. E a outra, a mestra de noviças, se não a tenho de olho, estraga-me as raparigas.

Entrava a madre escrivã, a palitar os dentes, para pedir à prioresa um copo de certo vinho estomacal, muito usado pelas freiras para a digestão. Quando saiu, a velha comentou:
– Essa é boa pessoa, mas bebe muito. Vai-lhe toda a mesada em vinho. Ela tem uns namorados, que bebem com ela, por cima dos muros... Espere-me, que vou ao coro.

Tomou mais um copo do santo vinho estomacal e saiu, sem ver a escrivã que voltava.
– Aposto que a velha estava a falar-lhe mal de mim...
– Não, senhora.
– Ora, diga a verdade! Essa é uma sem-vergonha! Quisera eu ter tantos mil cruzados quanto amantes já teve ela em sua vida! Não se aborreça... Sei que seu pai proibiu-a de escrever e receber cartas. Mas, se quiser, pode dar meu nome, que eu as receberei! Chamo-me Dionísia da Imaculada Conceição.
– Obrigada, irmã... – sussurrou Teresa, alentada pelo oferecimento.
– Disponha de mim – disse a escrivã. E saiu, depois de esgotar a garrafa.

Encheu-se o coração de Teresa de amargura e nojo naquelas duas horas de vida conventual. Ouvira falar dos conventos como de um refúgio da virtude e da inocência. Que desilusão tão triste e, ao mesmo tempo, que ânsia de fugir dali!

À noite, deitada na mesma cela da prioresa, esperou a velha senhora dormir para compor cuidadosamente uma carta a seu amado Simão. Nela, relatava-lhe os acontecimentos daquele dia e pedia-lhe que nada receasse por ela, afirmando que a desgraça não a abalava.

Capítulo VIII

Mariana, a filha de João da Cruz, quando viu seu pai tratar a ferida do braço de Simão, perdeu os sentidos. O ferrador riu estrondosamente da fraqueza da moça, e o acadêmico achou estranha a sensibilidade em mulher afeita a curar as feridas com que seu pai vinha de todas as festas e romarias.

– Não faz um ano que me fizeram três buracos na cabeça quando eu fui a Senhora dos Remédios, em romaria, e foi ela que me curou. Anda daí, rapariga, que hás de ser a enfermeira do fidalgo!

Mariana, envergonhada, estava voltando a si.

– Vais cuidar do senhor Simão. Dá-lhe caldos, trata-lhe a ferida com vinagre, conversa com ele. E o senhor, fidalgo, nada de cerimônias. Disponha da moça.

– Agradeço, João da Cruz. Sua filha é uma boa moça e há de ter um bom casamento.

– Se ela quisesse, noivos não faltam. Mas não tem vontade de casar e eu, a falar a verdade, que sou só com ela, também não faço grande gosto.

Nessa altura, o ferrador foi chamado ao trabalho e deixou os dois moços sozinhos.

– Grande praga que lhe caiu em casa, Mariana! – disse o acadêmico. – Cuidar de um doente...

– Não diga isso, senhor.

– Sente-se aqui e pegue a sua costura. Mas, antes disso, por favor, dê-me papel e um lápis que está ali na carteira.

– Tenha cuidado... Olhe que, se alguma carta se perde, descobre-se tudo...

– Tudo o quê?

– Não pense Vossa Senhoria que eu ignoro as coisas. Sei que tem amizade a uma moça fidalga da cidade. Não há por que

ter medo de mim, nunca lhe faltarei a confiança.
– Tem razão, Mariana. Não devia esconder-lhe o mau encontro que tivemos.
– Com Vossa Senhoria ferido e dois homens mortos!
– Vou para Coimbra logo que esteja bom, e a menina da cidade fica em sua casa.
– Se assim for, já prometi duas velas grandes ao Senhor dos Passos; mas não me diz o coração que Vossa Senhoria faça o que diz...
– Obrigado por preocupar-se comigo, Mariana.
– Tenho grande gratidão ao paizinho de Vossa Senhoria. E ao fidalgo também...

Nesse momento entrou no quarto João da Cruz, com uma carta para Simão. Este apanhou-a com pressa e pôs-se a lê-la, franzindo às vezes a testa.
– Más notícias? – perguntou Mariana.
– Tu és muito atrevida, rapariga! – disse João da Cruz.
– Não é, não – atalhou o estudante. – Não é má notícia. Por favor, deixe-me ter em sua filha uma amiga, senhor João. Não é má notícia, mas tampouco é boa. Arrastaram Teresa para um convento.

Os olhos de Mariana se iluminaram, a despeito seu.
– Tragam-me, por favor, papel e lápis.
E o rapaz pôs-se a escrever a Teresa:

É necessário arrancar-te daí. Esse convento deve ter uma evasiva. Procura-a, e dize-me a noite e a hora em que devo esperar-te. És minha! Não sei de que me serve a vida, se não a sacrificar para salvar-te. Eu estou quase bom. Chama-me, e eu sentirei que a perda do sangue não diminui as forças do coração.

Simão pediu a carteira a João e, em seguida, deu dinheiro em prata ao ferrador, pedindo-lhe que entregasse a carta à mendiga. Pai e filha foram para a cozinha, e João disse a Mariana:
– Desconfio que o nosso doente está sem dinheiro.

— Por que pensa o pai isso?
— Porque me pediu a carteira e ela pesa tanto como uma bexiga de porco cheia de vento. Queria oferecer-lhe e não sei como há de ser.

Após refletir um pouco, disse Mariana:
— Tenho aquele dinheiro dos meus bezerros vendidos: são onze moedas de ouro, menos um quarto.
— Pensa tu um jeito de ele aceitar sem constrangimento.

O ferrador saiu, e Mariana foi levar o caldo ao doente. Mas ele não o aceitava. Estava realmente preocupado com sua situação, e nessas preocupações estava a carência de dinheiro, que lhe era necessário para qualquer ação.

Pensou em escrever à mãe. Que lhe diria ele? Sabia que a mãe não o amava. Como explicaria sua residência naquela casa e a morte dos criados de Baltasar?

Cansado de pensar, favoreceu-o a providência dos infelizes com um sono profundo.

Mariana, entrando na alcova, viu-o adormecido; a carteira estava sobre uma banqueta. Examinou-a: havia duas moedas de seis vinténs. Nas roupas, nada. Ela retirou-se para um canto, a meditar. Depois, num movimento súbito, foi falar com o pai.

João da Cruz resistiu a princípio à sua argumentação. Mas acabou se rendendo diante das réplicas da filha. Disse-lhe:
— Farei o que dizes. Dá-me cá o teu dinheiro.

Mariana foi em busca de uma bolsa de linho com dinheiro em prata e a entregou ao pai.

João da Cruz aparelhou a égua e saiu. Mariana voltou para a alcova e acordou Simão.
— Não sabe? — disse ela, entre alegre e contrafeita. — A mãezinha de Vossa Senhoria já sabe que está aqui!
— É impossível!
— Não sei como foi, mas é verdade. O que sei é que ela mandou chamar o meu pai.
— E não me escreveu?
— Não, senhor!... Talvez ela soubesse que o senhor aqui

esteve e cuide que já não está, e por isso não lhe escreveu...
– Mas quem lhe diria? Se isto se sabe, então podem suspeitar da morte dos homens.
– Pode ser que não; e, ainda que desconfiem, não há testemunhas. O pai disse que não tenha medo, que ninguém desconfiará de nada mais. Quer agora o caldinho?
– Pois sim, Mariana!
A moça saiu e voltou com uma tigela cheia de caldo de galinha.
– Coma só o que quiser. E conte comigo, como se fosse uma irmã.
– Oxalá me desse o céu outra irmã assim...
A moça deixou-o, com olhos cheios de ternura e carinho.
Simão, sem vaidade, conjeturou que era amado por Mariana. E isso não lhe desprazia. Talvez fosse egoísta, mas os desvelos da filha de João da Cruz o agradavam. Estava em tal aflição que não podia dispensar esse carinho. Ninguém sente em si o peso do amor que se inspira e não se comparte. Assim é o homem.

Capítulo IX

Duas horas demorou João da Cruz fora de casa. Chegou quando a curiosidade do estudante já era sofrimento. Pensava ele que o ferrador pudesse estar preso, detido por sua culpa. Mariana, porém, tranquilizou-o, avisando que o pai chegara.
João da Cruz entrou no quarto:
– Aqui estou de volta. Sua mãe mandou-me chamar...
– Já sei... e como soube ela que eu estava aqui?
– Alguém lhe contou, mas quem foi não sei. E sabia também para que fim viera. Ralhou um pouco, mas depois que lhe disse que Vossa Senhoria estava adoentado por causa de uma queda de cavalo, perguntou-me se o moço tinha dinheiro. Respondi-lhe que não sabia, e ela foi para dentro e voltou com este embrulho, que mandou lhe entregar. E agora, perdoe-me, que vou cuidar da égua.

Enquanto Simão contava as moedas, que eram onze menos um quarto, na cozinha pai e filha se felicitavam pelo bom termo da história arranjada. O pai supunha que Mariana pensava no seu futuro e nos bens que podia alcançar, ajudando Simão. Mas, ao contrário, a moça pensava apenas no seu amor:
– Não fiz isso por interesse, meu pai...
– Está bem, mas, como diz lá o ditado, quem semeia colhe... Ele me chama!

Era verdade; quando João entrou, Simão ofereceu-lhe parte do dinheiro que acabava de receber; mas o ferrador recusou, orgulhosamente:
– Guarde lá o seu dinheiro, fidalgo, e não falemos mais nisso, se quer que o negócio vá direito até o fim!

Nos dias subsequentes Simão recebeu regularmente cartas de Teresa, algumas resignadas e confortadoras, outras escritas na violência exasperada da saudade. Dizia ela que não sabia de seu futuro, que às vezes lhe parecia que o pai estava a pique de fazê-la transferir para outro mosteiro, perto da cidade do Porto; outras vezes supunha que findaria seus dias naquele convento, tão pouco acolhedor e cheio de hipocrisia.

Porém, as diligências de Tadeu de Albuquerque tiveram bom êxito; conseguiu que a prelada do mosteiro de Monchique consentisse em receber Teresa. Fez avisar à filha que sua tia, a superiora do convento, queria recebê-la em sua companhia e que a viagem se daria na madrugada daquele mesmo dia.

Teresa, quando recebeu a notícia, já não tinha meios de comunicar-se com Simão. Tentou fazer-se doente, e nem isso lhe era muito difícil, tão desgostosa que estava. O médico que veio vê-la desaconselhou a viagem.

A mendiga estava no páteo do convento, à espera do bilhete destinado a Simão; porém recebeu ordens de sair dali.

Quando soube do ocorrido, em desespero, Teresa conseguiu lançar pela janela, ao alcance da mendiga que já se retirava, um bilhete, em que dizia: "É impossível a nossa correspondência. Vou ser tirada daqui para outro convento. Espera em Coimbra notícias minhas".

No entanto, seu movimento fora visto, e o bilhete interceptado.

A mendiga, que fora até espancada, entrementes, caminhou para a casa do ferrador João da Cruz e contou o sucedido a Simão.

Mariana estava por ali; ouviu toda a conversa e, imediatamente, disse:

– Se o senhor Simão quer, vou até a cidade e procuro no convento a Brito, minha amiga, que é criada de uma monja e lhe entrego uma carta sua para passar à senhora Teresa.

– Tu podes fazer isso, Mariana?

– Se me autoriza o pai...

– Pois então, vai, minha filha! Vou pôr a albarda na égua.

Saíram ambos, e Simão pôs-se a escrever a carta; a cabeça lhe ardia, tinha desejos de incendiar o convento, de abrir caminho à espada, de ferir e matar. Pedia a Teresa que encontrasse meios de fugir ou, pelo menos, de abrir as portas para que ele a raptasse.

Chegou Mariana, já vestida; tinha os olhos cheios de lágrimas, que Simão, mergulhado na própria dor, não via. Deu-lhe o moço a carta, deu-lhe dinheiro, pedindo que comprasse um anel para si. Mariana repeliu a oferta, com dolorido desdém. Montou e partiu.

A égua saiu a galope; e o ferrador, no meio da estrada, a rever-se na filha e na égua, dizia, falando só, em palavras que Simão ouvia:

– Vales tu mais, rapariga, que quantas fidalgas tem Viseu!

Capítulo X

Apeou Mariana defronte do mosteiro e foi à portaria chamar a sua amiga Brito.

– Que boa moça! – disse o padre capelão, que estava falando com a prioresa sobre a salvação das almas e sobre um vinho que ele recebera naquele dia e que era bom para os estômagos do convento.

– Ora, deixe-a em paz. Quando é que chega o vinho?

– Quando mandar, senhora. Mas repare bem! Veja que olhos tem a moça!

– Eu tenho mais o que fazer! – disse a prioresa, ofendida, saindo logo.

– De que aldeia é vossemecê? – perguntou o padre a Mariana, quando esta se aproximou.

– Perdoe, mas não estou no confessionário – respondeu Mariana, com firmeza.

– Que mau gênio tem!...

– É isto que vê.

– Mariana! És tu? Anda cá! – era Joaquina de Brito quem falava lá de dentro.

A moça fez uma cortesia de cabeça ao padre e dirigiu-se ao local donde vinha aquela voz.

– Quero falar contigo em particular – disse Mariana.

– Espere que vou arranjar um jeito.

Mariana dispôs-se a esperar e enquanto isso viu, numa janela, uma moça sem hábito.

– Será aquela a senhora Teresa de Albuquerque? Ah, se eu fosse amada como ela...

Quando pôde falar com a amiga, Mariana se certificou de que a moça da janela era de fato Teresa. E pediu à amiga que a pusesse em contato com a jovem.

– Impossível! – disse Joaquina. – As freiras a têm de olho. Parece que vai para outro convento... mas, enfim... se é tão importante... espera. Agora mesmo tocou ao coro. Vou ver o que posso fazer.

E saiu. Entrando pelo convento, enquanto as freiras estavam indo para a capela, chamou Teresa, pediu-lhe que fosse breve e introduziu Mariana no parlatório.

Mariana tremeu quando Teresa lhe perguntou quem era.

– Sou a portadora desta carta para Vossa Excelência – disse e entregou o bilhete de Simão.

Teresa leu a carta com ansiedade, por duas vezes. Em seguida, disse a Mariana:

– Não posso escrever-lhe, sou vigiada. Diga-lhe que me levam para o convento de Monchique, no Porto. Que não tente raptar-me, porque vou muito acompanhada. Que vá ver-me no Porto, que eu arranjarei jeito de falar-lhe. Não esqueça! E tome para si este anel de ouro.

– Obrigada, minha senhora. Não faço à senhora o favor, mas sim a quem me mandou – respondeu com dignidade Mariana. – Fique com Deus e desejo que seja feliz.

Dito isto, retirou-se Mariana; despediu-se de Joaquina sem satisfazer-lhe a curiosidade.

Pelo caminho ia repetindo mentalmente o recado, para não confundir-se. Quando não estava nesse exercício, era para pensar nas feições da amada do seu hóspede. "Não lhe bastava ser rica e fidalga, é também linda como nunca vi outra", pensava ela. E seu coração chorava.

Simão, por uma fresta da janela de seu quarto, espiava o caminho ou tentava ouvir o passo do cavalo.

Ao descobrir Mariana, desceu para o quintal, esquecido dos perigos do ferimento recente.

A filha do ferrador deu-lhe o recado; quando falou que Teresa ia muito bem vigiada, Simão alterou-se:

– Vai o primo Baltasar, com certeza. Sempre esse primo Baltasar, cavando a sua sepultura e a minha!

– A sua, fidalgo!? – exclamou João da Cruz. – Morra ele, que o levem trinta milhões de diabos! Mas Vossa Senhoria há de viver enquanto eu for João!
– Quero vê-la antes de ir para Coimbra!
– Olhe que ela recomendou-me muito que não fosse lá! – lembrou Mariana.
– Por quê? Por causa do primo? – comentou Simão, ironicamente.
– Se quiser, fidalgo, tira-se a mulher do caminho. É só dizer – interveio João.
– Meu pai, não meta este senhor em maiores desgraças!
– Se o senhor quer sair à estrada e tirar a tal pessoa ao pai, ao primo e a um regimento, se for necessário, vou montar a égua e daqui a três horas estou de volta com quatro homens que são quatro dragões.
– Meu pai, não lhe dê esses conselhos!
– Cala-te aí, rapariga! Não és aqui chamada!
– Não vá aflita, senhora Mariana – disse Simão à moça, que se retirava, amargurada. – Ouço a seu pai porque sei que quer o meu bem, mas hei de fazer o que a honra e o coração me aconselharem.

Afastou-se o ferrador, e Simão ficou só com Mariana.
— Chora com pena de mim, Mariana?
— Choro porque me parece que não o tornarei a ver.
— Não será talvez assim, minha amiga...
— Vossa Senhoria faz uma coisa que lhe peço?
— Veremos o que pede, menina...
— Não saia esta noite, nem amanhã...
— Pede o impossível, Mariana. Hei de sair, porque me mataria se não saísse.
— Então perdoe a minha ousadia. Deus o proteja.

Às onze horas, ergueu-se o acadêmico e escutou o movimento da casa; não ouviu nada. Preparou suas armas e fez um bilhete para João da Cruz. Abriu a janela do seu quarto e saltou para a varanda. Dali até a estrada era um pulo.

Tinha dado alguns passos quando a porta da varanda se abriu e a voz de Mariana lhe disse:
— Adeus, senhor Simão. Fico pedindo a Nossa Senhora que vá na sua companhia...

O acadêmico parou e ouviu a voz íntima que lhe dizia: "O teu anjo da guarda fala pela boca dessa mulher". Mas Simão estava decidido:
— Até logo, Mariana... ou...
— Até o Juízo Final... — atalhou ela.

Simão desapareceu na escuridão, enquanto ela ficava orando com o fervor das lágrimas.

Era longo o caminho, mas, por volta da uma hora, estava Simão defronte do convento, contemplando uma a uma as janelas. Sentou-se diante do edifício, e ali ouviu baterem as quatro horas. Pensava em Mariana suplicante, mas via também o vulto de Teresa, torturada pela saudade.

Às quatro e meia ouviu o tinido de liteiras que se aproximavam. Eram as três irmãs de Baltasar, acompanhadas de dois criados. Abriram-se as grossas portas do convento e as três entraram. Pouco depois chegava Tadeu de Albuquerque, acompanhado por Baltasar Coutinho.

— Nada de queixas, meu tio! — dizia ele ao velho, que denotava quebranto e desfalecimento. — Em um ano está ela curada. Um ano de convento é um ótimo remédio para o coração. Se meu tio a tivesse obrigado, desde menina, a uma obediência cega, tê-la-ia agora submissa, e ela não se julgaria autorizada a escolher marido.
— É minha única filha, Baltasar!
— Pois por isso mesmo! Se tivesse outra, ser-lhe-ia menos sensível a perda e menos funesta a desobediência.

Abriu-se novamente a porta, saíram as três senhoras e após elas, Teresa.

Tadeu enxugou as lágrimas e deu alguns passos a saudar a filha, que não ergueu do chão os olhos.

— Teresa... — disse o velho.

— Aqui estou, senhor — respondeu a filha, sem encará-lo.

— Ainda está em tempo de seres boa filha. Queres ir para tua casa e esquecer o maldito que nos faz a todos desgraçados?

— Não, meu pai. Esquecê-lo nem por morte. Meu destino é o convento.

E, vendo pela primeira vez ao primo, disse-lhe:

— Nem aqui!

— Sou um de seus criados, prima — disse Baltasar, com uma cortesia.

A moça dispensou seu cumprimento, e iam todos a caminho das liteiras para empreender a viagem, quando Simão saiu de seu esconderijo. Teresa foi a primeira a vê-lo:

— Simão! — exclamou.

— É crível que este infame aqui viesse? — disse Baltasar, encolerizado.

— Não falo com Vossa Senhoria... — disse Simão, dirigindo-se em seguida a Teresa — Minha senhora: sofra com resignação, como eu sofro, e espere por mim.

— Vem aqui insultá-lo, meu tio! — respondeu Baltasar. — É um vilão!

– Vilão é o desgraçado que me ameaça e não tem coragem de atacar-me!
Baltasar Coutinho lançou-se de ímpeto a Simão. Chegou a apertar-lhe a garganta, mas depressa perdeu o vigor dos dedos. Quando as damas chegaram a interpor-se, Baltasar tinha o alto do crânio aberto por uma bala que lhe entrara na fronte. Vacilou um segundo e caiu desamparado aos pés de Teresa.
Tadeu de Albuquerque gritava em altos brados. Os criados rodearam Simão, que conservava o dedo no gatilho de sua arma. Iam lançar-se sobre o homicida, quando um homem, com o rosto coberto por um lenço, interpôs-se, dizendo baixo:
– Fuja, que a égua está no fim da rua! – disse o ferrador ao seu hóspede.
– Não fujo... Salve-se o senhor – respondeu Simão. – Por amor a sua filha lhe peço.
– Está perdido!
– Já o estava...
O ferrador já fugia quando abriram todas as portas e janelas. O primeiro a sair à rua foi o meirinho, um dos vizinhos do mosteiro.
– Prendam-no, prendam-no, que é um matador! – exclamava Tadeu de Albuquerque.
– Quem é? – exclamou o meirinho.
– Sou eu – respondeu o filho do corregedor.
– Vossa Senhoria! – disse o meirinho, espantado. – Venha, que eu o deixo fugir – acrescentou a meia-voz.
– Eu não fujo – tornou Simão. – Estou preso, aqui estão minhas armas...
Tadeu de Albuquerque, quando se recuperou do choque, fez transportar a filha a uma das liteiras e ordenou que dois criados a acompanhassem até o Porto.
As irmãs de Baltasar seguiram o cadáver de seu irmão para a casa do tio.

Capítulo XI

O corregedor acordara com o grande rebuliço que ia em casa. Assustado, supondo que se tratava de um incêndio, sacudiu a campainha, enquanto chamava pela esposa e vestia as calças.
– Que é isso? Quem é que grita? – perguntou-lhe.
– Aqui, quem mais grita é o senhor – respondeu-lhe, sempre fria, dona Rita.
– E quem chora?
– São as suas filhas.
– E por quê? Diga-me logo o que está acontecendo!
– Pois sim, digo-lhe tudo em um minuto: Simão matou um homem.
– Em Coimbra?
– Não, aqui em Viseu – corrigiu a mulher.
– Mas como pode ser, se estava em Coimbra?
– Parece que brinca, Meneses! Seu filho matou, na madrugada de hoje, Baltasar Coutinho, sobrinho de Tadeu de Albuquerque.
Domingos Botelho mudou inteiramente de aspecto.
– Está preso? – perguntou.
– Está em casa do juiz.
– Mande-me chamar o meirinho imediatamente. E diga às meninas que se calem, ou que vão chorar no quintal.
O meirinho, quando chegou, relatou com minúcias o que tinha ocorrido, e disse saber que o amor à filha de Tadeu de Albuquerque fora a causa de tudo.
Domingos Botelho, ouvida a história, disse ao meirinho:
– O juiz que cumpra as leis. Se ele não cumpri-las, eu o obrigarei a isso. Sou o corregedor e não protejo assassinos por ciúme, e ciúme da filha de um homem que eu detesto. Preferia

mil vezes ver Simão morto que ligado a essa família.

Dona Rita, um tanto por afeto maternal e outro tanto por espírito de contradição, ainda discutiu um pouco com o marido. Mas depois desistiu, obrigada pela teimosia do velho.

— Senhora: em coisas de pouca importância, o seu domínio era tolerável; em questões de honra, o seu domínio acabou. Deixe-me!

Foi a mulher sair e já entrava o juiz. Principiou por dar os pêsames a Domingos Botelho pela desgraça que atingira sua família. O corregedor instou-o a fazer justiça.

— A situação de seu filho é péssima — disse o juiz. — Confessa o crime, diz que matou o algoz da mulher que ama. Perguntei-lhe se o fez em legítima defesa, ele disse que não. Se pudesse defendê-lo, eu o faria. Mas é impossível.

— Está ele na cadeia?

— Não, está em minha casa. Quer que lhe mande preparar a prisão com decência?

— Eu não determino nada. Faça de conta que o preso Simão não tem aqui parente algum.

— Mas o senhor é pai!

— Sou um magistrado — disse, firme, o corregedor.

— Não o castigue com o seu ódio, senhor, que ele já está bastante castigado com os rigores da lei...

— Não lhe tenho ódio. Desconheço esse homem de quem me fala.

Saiu o juiz da casa de Domingos Botelho e dirigiu-se ao lugar onde estava preso Simão.

— Acabo de falar com seu pai; encontrei-o mais irado do que seria de esperar.

— E isso que importa? — respondeu Simão.

— Importa muito, senhor Botelho. Seu pai, se quisesse, poderia encontrar meios de adoçar-lhe a sentença.

— Que me importa a sentença? — falou Simão.

— Não se importa de ir à forca?

— Não.

49

O juiz não se conformava com o que lhe parecia ser, e era, tal desprezo pela vida.

– Por que não escreve a sua mãe, pedindo-lhe indulgência? Se não, não vai ter quem o alimente.

– O senhor está me julgando um miserável, a quem importa saber o que vai comer. Não sou assim.

– Então faça como quiser – exclamou o juiz, aborrecido, saindo.

Simão foi encaminhado a uma cela comum, sem nenhuma regalia. Um preso emprestou-lhe uma cadeira, onde o rapaz sentou-se, meditativo.

Passado algum tempo, chegou um criado de seu pai com a comida que lhe mandara sua mãe. Trazia ele também uma carta de dona Rita.

Antes de comer, Simão sentou-se para ler a carta; nela, sua mãe lhe dizia:

Desgraçado, que estás perdido!
Eu não te posso valer, porque teu pai está inflexível. Às escondidas dele é que te mando o almoço e não sei se poderei mandar-te o jantar!
Que destino o teu! Oxalá tivesses morrido ao nascer.
Tiveste risco de vida no teu nascimento. Cheguei a pensar que não viverias.
Para que saíste de Coimbra? A que vieste, infeliz? Agora sei que tens vivido fora de Coimbra há quinze dias, e nunca tiveste uma palavra que dissesses a tua mãe!
Deves estar sem dinheiro, e hoje não te posso mandar nada. É possível que teu pai nos leve para Vila Real, a fim de que estejamos longe de ti. Hoje ameaçou Ritinha, por ela querer ir à cadeia ver-te.
Conta com o pouco valor da tua

Mãe.

Quando Simão se deu conta de que sua mãe não sabia de seu paradeiro anterior, convenceu-se de que o dinheiro que havia recebido era de João da Cruz. Seus olhos, então, encheram-se de lágrimas.

– Não chore, menino, que há de ter consolo. Almoce, antes que a comida esfrie – disse-lhe o criado.

– Não quero nada, meu caro. Leva tudo isso, que eu não tenho família. Dize a minha mãe que estou bem e que não se preocupe.

O criado saiu, certo de que o amo estava doido.

Quando o carcereiro voltou ao quarto onde estava Simão, trazia consigo uma moça camponesa: era Mariana.

Ao ver o rapaz, a moça, que até então sequer lhe apertava a mão, atirou-se nos seus braços, chorando.

– Não quero ver lágrimas, Mariana. Se aqui alguém deve chorar, sou eu. Mas serão lágrimas de gratidão, pelo que tenho recebido de seu pai e da menina. Agora sei que minha mãe não sabia nada a meu respeito e que o dinheiro que recebi vinha de seu pai.

Mariana escondeu o rosto no avental.

– Seu pai corre algum perigo? Ele está bem, em sua casa?

– Está e parece furioso. Queria vir aqui, mas não deixei.

– Por favor, minha irmã, mande comprar para mim um banco, uma cadeira, papel e tinta. Aqui tem o dinheiro.

– Dinheiro tenho para isso. E a sua ferida, como está?

– Só agora me lembro de que tenho uma ferida! Não dói, portanto deve estar melhor. Sabe alguma coisa de Teresa?

– Soube que ela foi para o Porto... Veja, trago-lhe aqui alguma coisa...

E Mariana entregou ao rapaz um embrulho de biscoitos e uma garrafa de licor.

– Não há de morrer à míngua, enquanto tiver aqui a sua irmã... Não é grande coisa, mas foi o que encontrei...

E saiu, deixando no antigo hóspede lágrimas de gratidão.

Capítulo XII

O corregedor, nesse mesmo dia, ordenou que se preparassem mulher e filhas para no dia imediato saírem de Viseu com tudo que pudesse ser transportado em cavalgaduras.

Inutilmente choraram e se rebelaram mãe e filhas; o pai, porém, estava inflexível. Partiram para Vila Real, quando todos os sinos de Viseu estavam dobrando a finados por Baltasar Coutinho.

Estando a família em Vila Real, dona Rita escrevia ao filho e tentava ajudar-lhe, mas não recebia resposta. Soube-se, mais tarde, que Domingos Botelho interceptava as cartas, que nunca chegaram às mãos do filho. No entanto, amigos da família sabiam que Simão não passava necessidades e que tinha sempre a seu lado uma moça camponesa, que lhe trazia alimentos e tudo de que precisasse. A moça era Mariana.

Em vão a família, em Vila Real, tentou abrandar a dureza do corregedor para que intercedesse pelo rapaz. Ele não cedia, e repetia sempre que a justiça fora feita para todos e que seu filho não era melhor do que ninguém.

Eram passados sete meses desde o acontecido, quando à família foi anunciada a sentença: Simão tinha sido condenado a morrer na forca, a ser levantada no local do crime. Fecharam-se as janelas da casa do corregedor por oito dias, e todas as mulheres da família vestiram luto.

Os familiares tentaram convencer o corregedor a ajudar o filho, alegando que a desonra recairia sobre uma gente que jamais sofrera tão grande vexame, além da tristeza pela perda dessa vida tão jovem. Mas os protestos não abalavam Domingos.

Tudo parecia vão até que Antônio da Veiga, um ancião, tio-avô de Domingos, o procurou.

– Senhor: guardou-me Deus a vida até aos 83 anos. Poderei viver mais dois ou três? Isto já nem é vida. Mas foi-o, e honrada e sem mancha até agora, e assim há de acabar; meus olhos não verão a desonra da família. Domingos Botelho, ou tu me prometes, aqui e agora, salvar a vida de teu filho da forca, ou eu, na tua presença, me mato.

Assim dizendo, o velho apontou para a garganta uma navalha de barba, pronto a tirar a própria vida. Domingos, assustado, reteve-lhe a mão e prometeu interceder para que seu filho não fosse enforcado.

Quando do julgamento, Simão não se defendera nem pedira advogado. Serenamente confessara o seu crime e não protestara inocência. Queria apenas impedir que o nome de Teresa fosse mencionado naquele ambiente.

Ao se pronunciar a sentença de morte por enforcamento, muitos murmúrios de lástima foram ouvidos entre o público. Mas só uma voz feminina levantou-se, num grito dilacerante. Era, outra vez, Mariana, que teve de ser levada em braços, carregada pelo pai, à sua casa dos arredores.

Mas não faltavam os comentários da gente que gozava com o espetáculo do enforcamento:

– Vais levar os teus filhos para ver o padecente? – dizia um.
– Claro que sim. Estes exemplos não se devem perder...
– É o que diz frei Anselmo, dos franciscanos!
– Mas se tu mesmo mataste um homem!
– Pudera! Era ele ou eu!
– Então, de que servem os exemplos?
– Sei lá! Só sei o que frei Anselmo diz!

Depois da sentença, já recolhido em sua cela, Simão recebeu a visita de João da Cruz; vinha o ferrador muito triste pelo acontecido, e porque sua filha estava delirando, falando em matar-se e em morrer ela na forca.

Só então Simão compreendeu como era grande e fiel o amor que Mariana lhe tinha, quanto mal lhe havia feito, quanta dor havia seu comportamento provocado. E foi o que o fez derramar todas as lágrimas que até então não tinha chorado.

– Cuide de sua filha, João da Cruz! – disse Simão, entre lágrimas. – Deixe-me aqui. Dentro de uns dias me hão de levar ao oratório. É ela quem precisa do senhor. Tire-a daqui, leve-a para sua casa, para Viseu, cuide dela.

Foi o que fez o ferrador. Mariana, possuída por sua dor,

chorava e ria ao mesmo tempo, parecia demente; e os cuidados de Simão ficaram a cargo de outras pessoas.

Nunca mais o condenado viu entrar em sua cela aquela doce criatura. Quando evocava a imagem de Teresa, um capricho dos olhos lhe afigurava a visão de Mariana ao par da outra.

Não o sustinha mais esperança na terra nem no céu.

Capítulo XIII

E Teresa? Onde está a infeliz moça cujo amor assim a levara à desgraça?

Quando da morte de Baltasar, levaram-na desmaiada para a liteira, onde a transportaram para o Porto.

Recobrando o alento, viu defronte de si uma criada de seu pai, que não lhe era amiga, mas que, naquela hora, sentiu despertar em si um raio de piedade. Foi assim que a criada dirigiu-se à moça:

– Pode falar comigo, menina, que ninguém nos segue.
– Dize-me, Constança, que sucedeu?
– A menina bem sabe... seu primo Baltasar foi morto.
– E... Simão?
– Está preso, menina.

Ao ouvir a notícia de toda a desgraça, Teresa caiu em prantos. Depois, já serenado o primeiro golpe da dor, pediu à criada que a deixasse fugir, na primeira estalagem em que parassem.

Constança imediatamente a advertiu dos perigos de tal empresa; deu-lhe, então, esperança de que Simão fosse libertado, por intercessão do pai.

Ao quinto dia de viagem chegaram a Monchique; foi a moça recebida com brandura por sua tia, a prioresa daquele convento. Ouviu a senhora toda a história dos tristes amores dos dois jovens e aconselhou-a, com a experiência dos seus quarenta anos de tormentosas privações.

Quis Teresa escrever imediatamente uma carta a Simão, mas a superiora a advertiu:

– Vais lhe escrever para quê, minha filha? Cuidas que as tuas cartas lhe chegarão às mãos? Se o amas, como creio, deixa-o e guarda o silêncio. Estou segura de que o pai dele providenciará para que não morra.

Teresa não tinha mais forças para reagir. Seu organismo já frágil enfraquecia a olhos vistos.

Preocupada, a superiora, enviou avisos a Tadeu de Albuquerque, dando notícia sobre a saúde precária de sua filha. O velho, no entanto, não se impressionou, respondendo "que não a desejava morta; mas, se Deus a levasse, morreria mais tranquilo e com a sua honra sem mancha". Era assim a imaculada honra do fidalgo de Viseu! A honra, que dizem proceder em linha reta da virtude de Sócrates, da virtude de Jesus Cristo, da virtude de milhões de mártires, que se deram às garras das feras, quando predicavam a caridade e o perdão aos homens!

As religiosas de Monchique se extremavam em cuidados com a enferma; por aí, Teresa via que estava em perigo de vida.

Um dia soube, por descuido de uma freira inadvertida, que Simão estava condenado à morte. Só pôde exclamar:

– E eu vivo ainda!

Perguntou, então, se alguém lhe faria a esmola de fazer chegar às mãos do noivo uma carta.

A religiosa que a assistia entendeu que esse derradeiro colóquio entre dois moribundos nenhum mal faria a ninguém, e concordou.

Esta é a carta que Simão leu, quinze dias depois:

Simão, meu esposo. Sei tudo... a morte está conosco. Assim terminaram as nossas esperanças, os nossos inocentes desejos! Chegaremos a ver-nos no outro mundo? O pior é a saudade, saudade daquelas esperanças que tu achavas no meu coração. Ao menos, morrer é esquecer. Eu também estou condenada, e sem remédio. Não tenhas saudade da vida, ainda que a razão te diga que podias ser feliz, se não me tivesses encontrado no caminho por onde te levei à morte... Não te arrependas... se houve crime, a justiça de Deus te perdoará.

– Feche a carta, mas antes leia-a, se quiser, irmã – disse a moça à religiosa amiga.

Saiu a freira, para ir cumprir sua missão.

A abadessa já tinha escrito ao seu parente Tadeu, apressando-o a vir despedir-se daquele anjo que se ia da terra. O velho, tocado pela piedade e, ainda, porque sabia que o condenado fora removido para os cárceres do Porto, decidiu tirar a filha do convento, na tentativa de salvá-la.

Teresa também já sabia da transferência do amado: havia recebido, por intermédio das religiosas, uma carta de Simão, na qual ele contava que seria transferido para os cárceres do Porto.

Com a notícia, a moça encheu-se de contentamento. Pediu à criada que abrisse a janela de seu quarto, encostou a face às grades de ferro, contemplando a noite:

– São aquelas!... – exclamou ela.

– Aquelas o quê, minha senhora? – disse Constança.

– As minhas estrelas!... Pálidas como eu... A vida, ai, a vida! Deixa-me viver, Senhor!

– Há de viver, menina! Há de viver, que Deus é piedoso!

– Tu não queres mal ao meu noivo, não é? Vem, vamos rezar por ele!

E ajoelhou-se ante o retábulo devoto que trouxera de Viseu, diante do qual sua mãe e sua avó já tinham rezado.

Capítulo XIV

Anunciou-se Tadeu de Albuquerque na portaria do convento de Monchique no dia seguinte a esses acontecimentos.
Veio recebê-lo a priora, contente e mais esperançosa:
– Alegre-se, meu primo. A nossa afilhada está muito melhor hoje; já a vi caminhando pelos dormitórios do convento... Tem mais ânimo. Cuido que Deus a fará restabelecer-se.
– Assim seja, senhora. De todo modo, estou resolvido a levá-la para Viseu, onde o ar da casa e o bom clima lhe farão bem.
– Isto me parece imprudente, senhor; creio ser ainda muito cedo para semelhante viagem.
– Maior imprudência seria deixá-la aqui. A estas horas já está por estes lados o infame matador de meu sobrinho. Enquanto o assassino aqui estiver, não quero minha filha no Porto.
– Como diga. Quer ver sua filha, naturalmente?
– Se é possível.
Quando soube que o pai a esperava, Teresa empalideceu, mas dispôs-se a ir, como era de seu dever.
O pai, ao vê-la, estremeceu e sentiu-se constrangido. Havia muito tempo que não tinha nem pedia notícias dela.
– Como estás, minha filha! Por que não me disseram nada sobre o teu estado?
– Não estou tão mal como pensam as irmãs, meu pai.
– Então, prepara-te para voltar comigo a Viseu.
– Eu não vou, senhor.
– Como? Tens coragem ainda para opor-te a mim? Olha que tens somente dezoito anos e eu posso obrigar-te pela força!
– Quem vier buscar para levar-me pela força encontrará somente um cadáver.
Tadeu de Albuquerque estava novamente encolerizado, e aferrava-se às grades do parlatório com mãos iradas:

– Já sei o que acontece! Tu sabes que o assassino está aqui no Porto!
– Sei, sim, senhor.
– Ainda o dizes sem vergonha e horror de ti mesma!
– Meu pai, não posso continuar a ouvi-lo, porque me sinto mal... – e, ao dizer isso, a moça afastou-se do parlatório, dirigindo-se à sua cela.

Impedido de falar à filha, Tadeu de Albuquerque começou a dar grandes golpes nas portas do mosteiro, até que veio a prioresa, saber o que acontecia.

Seguiu-se uma longa discussão, em que o velho exigia que lhe fosse entregue a filha, que fossem abertas as portas do convento, que se estabelecesse estrita vigilância sobre Teresa e sobre a criada que a servia. A prelada, em resposta, arguia os seus direitos, o caráter indevassável da clausura e a confiança que tinha em Teresa e em Constança, a criada.

Vendo que de nada lhe serviam os gritos e as exigências, Tadeu de Albuquerque resolveu ir às autoridades, que não lhe valeram, até chegar a um desembargador do Porto, seu conhecido, a quem se dirigiu em tom arrogante.

O homem, porém, que era amigo de infância de dona Rita Preciosa, falou assim ao sanhudo fidalgo:
– É fácil ser homicida, senhor Albuquerque. Quantas mortes teria Vossa Senhoria hoje feito se alguns adversários se opusessem à sua cólera? Esse infeliz moço, contra quem o senhor solicita desvairadas violências, conserva a honra na altura da sua imensa desgraça. O pai o abandonou, deixando-o ser condenado à forca; e ele, na sua extrema degradação, nunca fez sair um grito suplicante de misericórdia. Um estranho o ajudou a subsistir por oito meses no cárcere e ele aceitou a esmola, que era honra para ele e para quem a dava. Hoje fui eu ver esse desgraçado filho de uma senhora que conheci no palácio, sentada ao lado dos reis. Achei-o vestido de trapos. Perguntei-lhe se estava assim desprovido de roupa, e me disse que se vestia à proporção dos seus meios. Repliquei-lhe que escrevesse a seu pai para vestir-se

decentemente. Disse-me que não pedia nada a quem consentiu que os delitos do seu coração e da sua dignidade fossem expiados num patíbulo. Há grandeza nesse homem, senhor Albuquerque. Se Vossa Senhoria tivesse consentido que sua filha amasse Simão Botelho Castelo Branco, teria poupado a vida ao homem sem honra que se atravessou no seu caminho com tais insultos que desonrado ficaria Simão se não tivesse reagido. Se Vossa Senhoria não se tivesse oposto às inocentes afeições de sua filha, a justiça não teria mandado construir uma forca, nem a vida de seu sobrinho teria sido imolada. E se sua filha casasse com o filho do corregedor de Viseu, pensa acaso Vossa Senhoria que os seus brasões sofreriam desdouro? Não sei de que século data a nobreza do senhor Tadeu de Albuquerque, mas do brasão de dona Rita Teresa Margarida Preciosa da Veiga Caldeirão Castelo Branco posso dar-lhe informações. O de Vossa Senhoria não provém, decerto, dos Albuquerques terríveis de que fala Luís de Camões...

Ofendido até o âmago pela derradeira ironia, Tadeu de Albuquerque ergueu-se, tomou o chapéu e a bengala e fez a cortesia de despedida.

– São amargas as verdades, não é assim? – disse-lhe, sorrindo, o outro.

– Vossa Excelência sabe o que diz e eu sei o que faço.

– Pois vá na certeza de que Simão Botelho não há de ser enforcado.

– Veremos... – resmungou o velho.

Capítulo XV

Estamos no dia 13 de março de 1805. Simão está preso numa das celas da cadeia da Relação. Tem de seu um catre, um colchão velho, uma cadeira, uma pequena mesa e um pacote de roupas, que lhe serve de travesseiro. Sobre a mesa, uma caixa de madeira escura, onde guarda as cartas e os bilhetes de Teresa, algumas flores secas e um avental de Mariana, o último que lhe caiu das mãos quando se proferiu a sentença de morte.

Com isso vive, relendo as cartas, revendo os pequenos objetos que fazem o seu mísero patrimônio, lembrando-se de Teresa e de Mariana, pensando no caráter puro e limpo do amor que pelas duas sentia.

Assim seguia quando João da Cruz, com ordem do intendente-geral, entrou na sua cela.

– João da Cruz! Aqui? – surpreendeu-se ele. – E onde deixou Mariana? Sozinha? Doente?

– Nem sozinha, nem doente, fidalgo. Mariana está acompanhada de uma parenta nossa, boa pessoa que nos veio ajudar. E melhorou muito de saúde, desde que soube que há sinais de que Vossa Senhoria não vai à forca.

– Fala a verdade, senhor João?

– Imagine se mentiria a Vossa Senhoria! Fizemos de tudo, e a menina melhorou.

– Bendito seja Deus! – exclamou Simão.

– Mas então, que raio de cama é essa? Vossa Senhoria precisa de coisas melhores!

– Isso assim está excelente!

– Bem me parece... e de barriga? Como vamos nós de comida por aqui?

– Ainda tenho um pouco de dinheiro, amigo...

– Pois tenho ordem para garantir-lhe o que for necessário.

A senhora sua mãe promete pagar por todas as providências que se tomarem.

E João da Cruz mostrou um papel com assinatura de dona Rita Preciosa.

– É justo – disse Simão, depois de ter lido o documento –, porque eu tenho direito a uma parte da herança.

– Vou comprar-lhe tudo que seja necessário.

– Faça-me outro favor, senhor João. Leve-me uma carta à Teresa, que está em Monchique.

– Levarei a carta, fidalgo. Sabia que o pai dela está por aqui?

– Não, não sabia.

– Vamos a isso...

João da Cruz saiu, levando a carta de Simão e imediatamente se dirigiu ao mosteiro.

Lá chegando, encontrou um oficial de justiça, dois médicos, mais Tadeu de Albuquerque, que estavam à espera, no pátio do convento, para dali levarem Teresa.

A superiora, no entanto, argumentava que, como não possuíam licença eclesiástica, eles não poderiam entrar em Monchique. Assim tiveram todos de retirar-se, sem conseguir o que pretendiam, que era levar Teresa à força para Viseu.

João da Cruz, que a tudo assistia sem ser visto, aproximou-se então do postigo através do qual se podia falar.

– Ó, senhora freira! – disse ele. – Podia fazer-me o favor de anunciar à menina Teresa que está aqui o pai daquela rapariga da aldeia que ela sabe?

– Ah... e quem é o senhor? – retorquiu a freira.

– Sou o pai da rapariga que ela sabe.

Teresa, que estava prevenida pela presença de Tadeu de Albuquerque, e se encontrava próxima ao postigo, ouviu a conversa e logo apareceu:

– Já sei, já sei quem é, o pai de Mariana! Sua filha mandou-me carta, senhor?

– Mandou, menina. Aqui está...

E João da Cruz depositou na roda a carta de Simão, sob os olhos complacentes da freira, que já se apercebera de tudo. Teresa retirou-se depressa, para ler a carta e respondê-la. Ao dar a resposta a João, avisou-lhe que deveria entregar as cartas de Simão a uma velha senhora pobre, a mesma mendiga de antes, que perto dali estava. João foi, então, com a maior rapidez, levar a resposta a Simão e as boas-novas.

Para o moço pareciam abertas as portas do céu. Saber que Mariana estava melhor e que podia corresponder-se com Teresa era uma grande alegria.

– Pois, então, vou dizer-lhe mais uma coisa, senhor – disse-lhe João. – Na verdade, Mariana veio comigo e amanhã já poderá estar com Vossa Senhoria, a ajudá-lo.

– Oh, senhor João! Vim trazer infelicidade a esse anjo do céu! Como poderá sua filha viver sozinha aqui no Porto, sem conhecer ninguém, e sofrendo os perigos de alguma perseguição?

– Ora, fidalgo, Vossa Senhoria não conhece Mariana. Ela saiu à mãe, não tem medo de nada. Se algum bruto meter-se com ela, é certo que lhe alcança a pele com as rédeas do burro!

– E vossemecê há de privar-se da companhia dela?

– Eu lá me arranjarei como puder. Tenho uma cunhada velha que poderá me ajudar. E Vossa Senhoria vai ficar aqui por pouco tempo. Já sei que o senhor corregedor está a tratar de pô-lo na rua. E vou dizer-lhe de uma vez: minha filha tem-lhe um amor de coração, senhor fidalgo.

Simão atirou-se nos braços do ferrador:

– Pudesse eu ser o marido de sua filha, meu nobre amigo!

– Eu nunca pensei nisso, nem ela! Sabemos que, quando muito, a menina pode ser sua criada, fidalgo! Não falemos mais nisso que pego a chorar... Vamos tratar da arrumação da cela; amanhã hei de trazer novos panos, mobília, bacia e bilha de água, jarras... enfim, o que é preciso. Espere-me! Até amanhã!

Capítulo XVI

Enquanto esses fatos se passavam, Manuel Botelho, o primogênito de Domingos e irmão de Simão, mais uma dama fugitiva, desleal ao ex-marido, voltavam para o Porto, vindos da Espanha, onde se refugiaram e onde viviam a expensas de dona Rita Preciosa.

Chegado ao Porto, e sabendo do triste destino de Simão, Manuel tratou de visitá-lo. De fato, como se sabe, os dois irmãos nunca se deram bem. A visita foi, portanto, apenas um protocolo.

Manuel Botelho ofereceu-se a Simão para ajudá-lo no que pudesse; mas Simão recusou o oferecimento, como sempre fizera.

Depois, na estalagem em que se hospedara, Manuel foi visitado pelo corregedor da justiça criminal. O homem foi logo apresentando-se:

– Soube pela polícia que aqui estava hospedado e venho para dizer-lhe que, se vai para Vila Real, como suponho, leve à senhora sua mãe notícia de que estamos envidando esforços para transformar a pena de morte contra seu irmão em degredo para as Índias, por dez anos.

– Agradeço-lhe a notícia, senhor corregedor – respondeu Manuel Botelho.

– Quiséramos absolvê-lo e restituí-lo à família, mas tal coisa é impossível. Ele de fato matou, e o confessa tranquilamente.

– Eu levarei as notícias a meu pai.

– E diga-lhe que aqui tem um colega às suas ordens.

Pela primeira vez, o homem notara a presença de uma mulher. Perguntou:

– Esta senhora é sua... esposa?

Manuel Botelho baixou a cabeça, confundido.

– Não, senhor. É... minha irmã...
– Ah. Não a tinha reconhecido. Está diferente. Meus respeitos, minha senhora.

O corregedor retirou-se, dizendo lá consigo: "Esta não é nenhuma das filhas de Domingos Botelho... se este patife me obrigou a cortejar uma concubina...".

Mais tarde, o homem escreveu ao colega, em Vila Real, dizendo-lhe que havia estado com o filho e com uma de suas filhas, no Porto.

Já estava Manuel em Vila Real e tinha acomodado sua mulher em uma estalagem.

Nesse tempo, Domingos havia recebido a carta do colega, contando-lhe tudo. Furioso e sentindo-se humilhado, resolveu investigar quem era a mulher que acompanhava Manuel. Ao descobrir quem era, partiu para Vila Real, hospedando-se na casa do juiz. Pediu, então, que chamassem a senhora.

Quando a açoriana chegou, Domingos falou-lhe:
– Eu sou o pai de Manuel. Sei da sua história. O infame é ele; a senhora é a vítima. O seu castigo principiou desde o momento em que a sua consciência lhe disse que praticou uma ação indigna. De onde é a senhora?
– Da ilha do Faial – respondeu, trêmula, a dama.
– Tem família?
– Tenho mãe e irmãs.
– Sua mãe a aceitaria se a senhora pedisse abrigo?
– Creio que sim.
– Sabe que Manuel é desertor da cavalaria e que deve vir a ser preso ou fugir?
– Não sabia...
– Quer isto dizer que ninguém a protege.

A pobre mulher soluçava, afogada em lágrimas.
– Por que não vai para onde está sua mãe?
– Não tenho recursos... – respondeu a moça.
– Quer partir hoje mesmo? Posso fazê-la chegar a Lisboa e lhe providenciarei passagem para os Açores. Aceita?

– E lhe beijo as mãos, senhor!

Foi assim que a desditosa esposa do estudante de Coimbra voltou para a sua terra e para o abrigo de sua mãe.

Manuel Botelho, perdoada a sua deserção, serviu à cavalaria em Lisboa, até a morte do pai, quando pediu baixa e voltou à província.

Capítulo XVII

João da Cruz, no dia 4 de agosto de 1805, sentou-se à mesa com triste aspecto e nenhum apetite do almoço.
– Não comes, João? – disse-lhe a cunhada.
– Não me passa pela garganta o bocado – respondeu ele.
– Que tens tu?
– Saudades da filha. Dava tudo quanto tenho para vê-la agora, aqui, a meu lado...
– Manda buscá-la...
– Isso não é assim... Se fizer isso, tiro a saúde lá ao rapaz... Ah, se eu não tivesse matado aquele homem... não teria ficado devendo favor ao pai de Simão e agora não estaria amarrado a este compromisso...
– Vai pegar no trabalho que isso passa...
De fato, João da Cruz dirigiu-se à oficina onde tinha suas ferramentas e passou a bater o martelo em alguns cravos de ferradura. Passavam os conhecidos e o cumprimentavam, ele respondia pouco e baixo, absorvido em seus pensamentos e desgostoso como estava.

Assim ia a coisa quando se aproximou um viajante, a cavalo, envolto em um amplo capote à moda espanhola, apesar do calor que fazia. Viam-se suas botas de couro cru, com esporas amareladas e o chapéu puxado sobre os olhos.
– Ora viva! – disse o passante. – É o senhor João da Cruz?
– Para servi-lo.
– Venho aqui pagar-lhe uma dívida.
– A mim? O senhor não me deve nada, que eu saiba.
– Não sou eu que devo. É meu pai.
– E quem é seu pai?
– Meu pai era um recoveiro de Carção, chamado Bento Machado, e estou encarregado de lhe pagar.

Proferida metade destas palavras, o cavaleiro afastou rapidamente as abas do capote e desfechou um bacamarte no peito do ferrador, fugindo em seguida.

João da Cruz caiu debruçado sobre o banco e deu o último suspiro com o rosto encostado ao chão, no mesmo lugar em que matara Bento Machado.

Capítulo XVIII

Decorridos alguns dias, Mariana foi a Viseu recolher a herança paterna. O laborioso ferrador a deixara bem dotada. Afora os campos, que já bastariam para sustentá-la, Mariana encontrou, debaixo da laje da lareira, quatrocentos mil-réis, deixados por seu pai. Vendeu as terras e deixou a casa para a tia, que tinha nascido nela.

Liquidada a herança, voltou para o Porto e entregou a Simão todos os seus bens, dizendo que temia ser roubada na casinha onde vivia, perto da prisão.

– Por que vendeu as suas terras, Mariana? – perguntou-lhe Simão.

– Porque não pretendo voltar a viver lá.

– Não? E para onde há de ir, quando eu for degredado?

– Vou para o degredo, se Vossa Senhoria me quiser na sua companhia.

Simão esperava essa resposta da moça; se dissesse o contrário, sentir-se-ia ridículo. Mas não podia deixar de pensar no futuro de Mariana e, principalmente, em que não podia e não queria ser seu marido.

Além de tudo, havia ainda a infelicidade do desterro, as agruras de quem vive longe dos seus e o caráter inóspito da terra para onde, com certeza, seria mandado.

Disso falou o moço à rapariga; e também que não podia esperar dele ser amada; Simão estava preso à lembrança e ao amor de Teresa.

– E se eu morrer no degredo, Mariana?

– Se o senhor morrer, eu saberei morrer também.

– Ninguém morre quando quer.

– Oh, se morre!... E vive, também, quando quer. Não espero de si nada mais que poder acompanhá-lo e ajudá-lo enquanto vivermos.
– Tem vinte e seis anos, Mariana. Viva, que esta sua existência não pode ser senão um suplício oculto...
– Isto significa que o senhor Simão pode viver sem mim? Eu é que não posso viver sem... sem...
Simão compreendeu e cortou a timidez da menina:
– Irá comigo, minha irmã! Sofreremos juntos o que vier!
Desde esse dia, um secreto júbilo encheu o coração de Mariana. Esse coração era de mulher. Amava e tinha ciúme de Teresa, não ciúme aberto, mas infernos surdos, que não sobem aos lábios. Sonhava com o desterro porque sabia que lá ninguém lhe arrancaria o amor de Simão.

E, contudo, nunca vacilara em aceitar, da mão de Teresa ou da mendiga, as cartas para o rapaz. Mas, ao mesmo tempo, sonhava com o amor, as alegrias, o casamento.

No termo de sete meses, o tribunal de segunda instância comutou a pena fatal para dez anos de degredo para a Índia. Tadeu de Albuquerque acompanhou, em Lisboa, a apelação e ofereceu sua casa a quem mantivesse a pena de morte na forca.

O pai do condenado, no entanto, também foi à capital, lutar com seu dinheiro e suas influências para contrapor-se a Tadeu de Albuquerque. Venceu Domingos Botelho. Conseguiu até que o filho cumprisse toda a sua sentença nas prisões de Vila Real.

E o nome de Simão, porém, recusou o favor, que considerava mais atroz que a morte.

O pai, avisado da recusa do filho, respondeu que se fizesse a sua vontade.

E o nome de Simão Botelho foi inscrito no catálogo dos degredados para a Índia.

Capítulo XIX

Duas primaveras vira Simão Botelho pelas grades do seu cárcere. A terceira já estava chegando. Era março de 1807. No dia 10 desse mês, recebeu o condenado intimação para sair na primeira embarcação que o levasse do Douro para a Índia.

Assistiu o moço ao encaixotar da sua bagagem numa quietação terrível, como se ignorasse o seu destino.

Queria escrever uma derradeira carta a Teresa, a quem já sabia muito doente. Mas não tinha forças nem coragem, e o mais que fazia era chorar.

Não aceitara a oferta dos dez anos em prisão de Vila Real. Detestava já a sua terra, a sua família, tudo que lhe lembrasse a vida infeliz que lhe tocara viver.

Mariana contemplava o silêncio de Simão e os momentos em que, desperto de sua letargia, ele exclamava:

— E Teresa... aquela infeliz menina que vai morrer por minha causa... e não hei de vê-la, nunca mais!

No dia 17 de março de 1807 saiu dos cárceres da Relação Simão Antônio Botelho, e embarcou no cais da Ribeira, com setenta e cinco companheiros. O filho do ex-corregedor de Viseu, a pedido dos amigos de seu pai, não ia amarrado com cordas ao braço de algum companheiro. Desceu da cadeia para o embarque acompanhado por um meirinho e por Mariana, que vigiava sua bagagem.

À hora da partida, um magistrado, velho amigo de dona Rita Preciosa, entregou a Simão um cartucho de dinheiro em ouro, dizendo-lhe que a sua mãe havia enviado, e pediu ao comandante que distinguisse o moço, que lhe permitisse subir à coberta e que o chamasse para as refeições à sua mesa.

Simão aceitou todas as gentilezas, mas imediatamente pediu ao comandante que distribuísse o dinheiro entre os seus companheiros de degredo. Foi julgado louco, mas insistiu. Alegava que não tinha mãe, nem pátria, nem família.

Quando o barco estava para sair do cais, perguntou a Mariana onde ficava o mosteiro de Monchique. Quando a moça lhe indicou o lado de Miragaia, à margem do Douro, debruçou-se na amurada, olhando o mirante que dali se via, e onde adivinhava o vulto de Teresa.

De fato, estava a moça recostada junto ao mirante. Recebera os sacramentos e comungara. Já não havia para ela esperança de cura, gravemente enferma que estava.

Recebera no dia anterior o adeus, em um bilhete do noivo, sobre o qual chorara suas últimas lágrimas. Depois, ao retirar-se para a sua cela, relera todas as cartas de Simão, beijando-as; em seguida, juntara a elas um raminho de flores secas que dele recebera, amarrara tudo com uma fita de seda e entregara o pacote a Constança, encarregando-a de fazê-lo chegar às mãos de Simão.

Agora, ao ver ao longe a embarcação na qual ele estava, Teresa supunha vê-lo, como ele a ela. Já estava a nau para separar-se do porto quando um último barco veio ao seu encontro, trazendo a pobre velha de Viseu, a mendiga que tanto os ajudara em seus amores.

Estendeu a mulher um braço ao condenado, entregando-lhe o pacote de cartas do amor por ele jurado à pobre Teresa.

Estavam todos prontos para partir, quando o mau tempo determinou de outra forma; o navio foi obrigado a permanecer mais uma noite em terra e o comandante desceu, procurando ordens.

Só de madrugada voltou a bordo, para encontrar o moço degredado, sozinho, encostado à amurada, fitando o céu escuro acima de suas cabeças.

– Procura por ela, meu amigo?
– Sim, senhor, procuro por Teresa, minha amada, nos céus.
– Só lá mesmo vai encontrá-la.
– Que diz?

– Que a senhora Teresa de Albuquerque morreu, esta noite, no mosteiro de Monchique, quando estávamos para partir.

Mariana, que ouvira a notícia, aproximou-se, adivinhando o desespero daquele a quem considerava seu irmão.

Simão curvou-se sobre a amurada e fitou os olhos na torrente. O comandante, ao vê-lo assim, segurou-o por um braço e lhe disse, enérgico:

– Coragem, meu amigo. Os homens do mar creem em Deus. O céu lhe dará consolo.

– Eu não me suicidarei, comandante, não tema.

– Peço-lhe que se recolha à sua cama.

– É uma ordem?

– Um pedido.

– E esta infeliz? – disse Simão, apontando Mariana, que o fitava com os olhos tristes.

– Que o siga. Dou-lhe licença para isso.

Desceram os três. O comandante, cheio de simpatia, ofereceu a Simão esperanças de uma nova vida em Goa. Mas o rapaz só pedia silêncio e solidão. Abria exceção apenas para Mariana que, a seu lado, chorava.

Disse então, na presença do comandante:

– Esta mulher tem sido a minha providência. Por ela, não passei fome em dois anos e nove meses de cárcere. Tudo que tinha vendeu para me sustentar e vestir. Aqui vai comigo esta criatura. Deve ser respeitada, senhor, porque é tão pura como a verdade nos lábios de alguém que vai morrer. Se eu morrer, senhor comandante, aceite o legado de ampará-la com a sua caridade, como se ela fosse minha irmã.

– Juro, senhor.

E o comandante deixou a cabina onde ficariam os dois.

– Estou tranquilo quanto ao seu futuro, minha amiga – disse Simão.

– Eu já o estava, senhor Simão – respondeu a moça.

Não falaram mais nada, por um largo tempo. Simão apoiou a cabeça na mesa e ali ficou, quieto.

Mariana, a seu lado, punha os olhos na luz mortiça da lâmpada oscilante, pensando na morte.

E o nordeste sibilava, como um longo gemido, nos mastros da nau.

Às onze horas da noite, ainda ancorados, o comandante recolheu-se a um beliche de passageiros. Mariana, sentada no pavimento, com o rosto sobre os joelhos, velava.

Simão Botelho, estendido no catre, fitava a luz que balançava, pendurada num fio de arame. Sentia-se febril, enfraquecido pelos tempos de prisão, pelas sequelas de seu antigo ferimento, pelas notícias de morte, pela sua vida.

Tinha lido, já, a última carta de Teresa, que lhe viera no pacote trazido pela mendiga, junto com todas as suas. Ali estava a história do amor que não pudera existir.

De repente, fitou Mariana, ao seu lado:
– Ainda está aqui, minha irmã? Não foi deitar-se?
– Não, o senhor comandante permitiu-me ficar...
– Queria subir ao convés...
– Quer sair, senhor Simão? Eu o acompanho – disse o comandante, levantando-se preocupado.
– Não me vou matar, comandante. É que me sinto um tanto sufocado...

Subiram os três ao convés, e Simão tentou respirar melhor... Tinha, no entanto, o peito oprimido e sentia febre.

Pelas três horas da manhã, exposto Simão ao vento úmido, começou a sentir-se pior. Pediu a Mariana que o levasse à cabina. Estava cambaleante e tinha fracas as pernas. Lançou-se sobre o colchão e pediu água, que bebeu com ânsia.

Às oito da manhã veio a bordo um médico, por convite do capitão. Examinando o doente, disse que era, com certeza, uma febre malsã, e podia ser que o doente não conseguisse chegar à Índia.

Às onze horas saiu o navio barra afora. Simão piorava ainda mais, com os primeiros movimentos do mar e o enjoo por eles provocado.

No segundo dia de viagem, Mariana, serenamente, perguntou a Simão:

— Se o meu irmão morrer, que hei eu de fazer com aquelas cartas?

— Se eu morrer no mar, Mariana, atire às águas tudo que foi meu; as cartas também...

Agitou-se o doente:

— Se eu morrer, Mariana, que tenciona fazer?

— Morrerei, senhor Simão.

A febre aumentava. Os sintomas da morte eram visíveis aos olhos do comandante, que já vira morrer centenas de condenados de febre, dessa que acomete os homens a bordo, onde quase nunca têm socorro.

No quarto dia de viagem, sobreveio uma tempestade e, quando já estavam perto de Gibraltar, partiu-se o leme. Mas, logo em seguida, o vento amainou e as nuvens se desfizeram.

O doente delirava; em seu delírio, chamava pelo nome de Teresa e de Mariana, confundindo as duas. Teve um estertor; disse o nome de Mariana. Esta se aproximou do amado e ouviu-lhe pedir que o acompanhasse no céu... Imediatamente correu em busca do comandante.

Vindo, o homem com uma lâmpada só pôde constatar que Simão estava morto.

Passadas algumas horas, disse o comandante a Mariana:

— Agora é tempo de dar sepultura ao nosso amigo. Venha, junte todas as suas coisas...

Subiram ambos.

Foi o cadáver envolto num lençol e transportado para o tombadilho.

Mariana seguiu-o.

Do porão da nau foi trazida uma pedra que um marinheiro atou às pernas do morto. O comandante contemplava a cena triste com os olhos úmidos, e a tripulação toda se descobriu.

Dois homens ergueram o corpo e lhe deram o balanço sobre a amurada, para fazê-lo cair no mar.

Antes que se ouvisse o baque do corpo na água, todos viram – e ninguém pôde impedir – que Mariana se atirara ao mar.

Viram-na um momento bracejar, não para salvar-se, mas para se agarrar ao corpo de Simão, que uma onda lançara aos seus braços.

Depois, desapareceram.

Da família de Simão Botelho restou apenas o filho de Manuel Botelho, Camilo Ferreira Botelho Castelo Branco, o autor deste livro.

QUEM É RENATA PALLOTTINI?

Renata Pallottini nasceu em São Paulo, onde estudou e vive ainda hoje. É autora de livros de poesia, textos teatrais, traduções, adaptações, textos infantis, ensaios e ficção. Além disso, ministra palestras e cursos de dramaturgia em países como Itália, Espanha, Alemanha, Peru e Cuba.

Em 1996, ganhou o Prêmio Jabuti com o livro: *Obra poética*. Seus textos teatrais lhe proporcionaram os prêmios Molière, Governador do Estado e Anchieta.

Entre suas obras, destacam-se o ensaio *Cacilda Becker, o teatro e suas chamas* e o romance *Nosotros*, traduzido para o francês. Para a série Reencontro Literatura da editora Scipione adaptou também *O guarani*, *Iracema*, *Senhora* e *A Moreninha*.

editora scipione

REENCONTRO literatura
Roteiro de Trabalho

Amor de perdição
Camilo Castelo Branco • Adaptação de Renata Pallottini

O amor que é capaz de levar os amantes a sacrifícios extremos é o tema central de Amor de perdição. *Simão e Teresa se amam perdidamente, mas seus pais são inimigos e tudo fazem para impedir a realização desse amor. Mas eles se mantêm fiéis ao que sentem, transformando a paixão juvenil em verdadeira devoção. Ambientado numa pequena cidade portuguesa, o romance de Camilo Castelo Branco revela a luta travada entre a pureza do amor e os preconceitos sociais alimentados por inimizades e interesses mesquinhos. Publicado em 1862, o texto traz a essência do amor romântico, segundo o qual o coração é a medida exata da existência.*

SIMÃO E TERESA: MÁRTIRES DO AMOR

1. No início da narrativa, Simão Botelho apresentava um tipo de comportamento. Depois se transformou e passou a agir de maneira muito diferente.

a) Como era o comportamento de Simão quando morava com o irmão, em Coimbra? Apresente os elementos que justificam sua resposta.

b) O que fez Simão mudar tão radicalmente e que situações exemplificam sua mudança?

2. As atitudes de Teresa são indicadores de seu temperamento.

a) Como se revela o temperamento da jovem?

b) Apresente duas atitudes de Teresa que justifiquem a resposta anterior.

3. Baltasar Coutinho e Simão Botelho se opõem em vários aspectos. Quais? Apresente exemplos para ilustrar sua resposta.

Roteiro de Trabalho 1

4. Compare as personagens Teresa e Mariana e analise seus sentimentos em relação a Simão Botelho.

FIDELIDADE E SACRIFÍCIO: DESTINO DOS AMANTES

1. Os pais de Simão e Teresa, com suas atitudes, selaram o destino dos filhos.

a) Qual atitude tomou Domingos Botelho em relação aos sentimentos do filho?

b) E Tadeu de Albuquerque, como agiu ao saber do amor da filha por Simão?

c) Que razões justificavam as atitudes de Domingos e Tadeu?

2. Comente a presença dos personagens João da Cruz e Mariana na narrativa. Que importância eles têm no contexto da história?

3. Ao chegar ao convento, Teresa ouve o seguinte discurso da monja que a recebe:

Quem vem para aqui, menina, há de mortificar o espírito e deixar lá fora as paixões mundanas. Aqui não há paixões nem cuidados que tirem o sono. Vivemos umas com as outras como Deus com os anjos.

a) As palavras da monja se confirmam? Justifique sua resposta com elementos do texto.

b) Que espécie de crítica o texto revela nesse episódio?

4. Que visão de amor a história revela, considerando-se o desfecho?

Encarte elaborado por **Elaine Maritza**, formada em Letras, especializada em Literatura Brasileira e Infantojuvenil e professora de Língua Portuguesa e Literatura em escolas de Porto Alegre por mais de vinte anos.

2 Roteiro de Trabalho